斬り

居眠り同心 影御用13

早見 俊

時代小説

二見時代小説文庫

七福神斬り——居眠り同心 影御用13

目次

第一章　奇妙な殺し

一

文化《ぶんか》十一年（一八一四）の春は殊《こと》の外《ほか》、寒《かん》の戻りが厳しかった。如月《きさらぎ》が過ぎようというのに風は冷たく、これでは桜も花を咲かせまいと噂されたほどだ。それでも、時節は確実に移ろうもの。弥生《やよい》一日には八分咲きとはいえ、桜は優美な姿を見せてくれている。

ところが、ようやく訪れた春麗《はるうら》らかな日々を厳冬へと引き戻してしまうかのような、おぞましい殺しが起きた。

しかも、亡骸《なきがら》が発見されたのは江戸きっての花見の名所である墨堤《ぼくてい》に近い三囲稲《みめぐりいな》荷《り》である。三囲稲荷は向島《むこうじま》七福神のうち、恵比寿《えびす》と大黒《だいこく》を祀《まつ》っている。浅草《あさくさ》から竹《たけ》屋《や》の渡《わた》しの渡し舟に乗ってすぐにあるため、向島七福神巡りで最初に訪れる名所だ。

ちなみに、三囲稲荷を参拝して後、向島を北上して、布袋尊《ほていそん》を祀る弘福寺《こうふくじ》、弁財天《べんざいてん》を祀る長命寺《ちょうめいじ》、福禄寿《ふくろくじゅ》を祀る花屋敷《はなやしき》、寿老人《じゅろうじん》を祀る白鬚神社《しらひげじんじゃ》を経て、毘沙門天《びしゃもんてん》を祀る多聞寺《たもんじ》を訪れるのが向島七福神巡りだ。

拝殿の前には狐の石像がある。この石像、朱色の前掛けが掛けられていて、その愛くるしい顔つきから、「コンコンさま」の愛称で有名だ。亡骸はその、「コンコンさま」の前で見つかった。

武士である。

武士には奇妙なことに、「コンコンさま」と同様、朱色の前掛けが掛けられていた。下手人《げしゅにん》の仕業《しわざ》に違いない。

北町奉行所定町廻り《じょうまちまわ》同心蔵間源太郎《くらまげんたろう》は岡っ引京次《きょうじ》と共に亡骸の検分に当たった。

この正月より、見習いから定町廻りとなった。一人前の同心となって初の事件だ。これまで、町廻りは続けていたが、大きな事件に遭遇《そうぐう》することはなかった。窃盗《せっとう》や傷害といった事件ではなく殺しという重大事件を担《にな》うこととなり、源太郎は彌《いや》が上にも気持ちを高めている。

二十二歳の血気盛んな若者らしく、全身に熱い血をたぎらせていた。

一方の京次は通称歌舞伎《かぶき》の京次。その通称が示すように歌舞伎役者をやっていた。役者絵から抜け出たような男前。十四年前に性質《たち》の悪い客と喧嘩沙汰《けんかざた》を起こし、役者をやめた。源太郎の父で当時北町奉行所の筆頭同心《ひっとうどうしん》であった源之助《げんのすけ》が取り調べに当たった。口達者で人当たりがよく、肝も据《す》わっている京次を源之助が気に入り岡っ引修業をさせ、手札《てふだ》を与えられたのが九年前だ。

現在の筆頭同心緒方小五郎《おがたこごろう》が若い源太郎のことを気遣い、練達の岡っ引で源之助とも縁のある京次を付けたのだった。

殺しの通報が向島の自身番《じしんばん》から北町奉行所に届いたのは明け方前。源太郎は前の晩から宿直《とのい》していた。通報があった途端《とたん》、飛び出して来たのだった。

「お侍のようですが」

京次は身を屈《かが》める。稲荷は花見や七福神巡りにやって来た男女でひしめいていたが、殺しとあっては鳥居《とりい》から中に入ることを禁じてある。春が深まり、絶好の散策日和《びより》とあって大勢の野次馬《やじうま》が満ち溢《あふ》れ、遠ざけるのが大変だったと自身番の町役人《ちょうやくにん》たちが言っていた。

源太郎と京次は侍の亡骸を検《あらた》めた。侍は鋭利な刃物で喉笛《のどぶえ》を抉《えぐ》られている。大量の血が周辺に飛び散り、顔面はどす黒い赤で染まっていた。前掛けを捲《まく》ると、そこにもべったりと血が付着していた。下手人は殺してから前掛けを掛けたということだ。

「どちらかの御家中《ごかちゅう》かそれとも直参《じきさん》ですかね」

侍は紺地の小袖《こそで》を着流し、袴《はかま》は穿《は》いていない。少し離れた場所に侍の物と思われる菅笠《すげがさ》が転がっていた。格好からして、気楽な散策を楽しんでいたと思われる。京次は着物が立派だから直参旗本《はたもと》ではないかと見当をつけた。髷《まげ》に白いものが混じり、額には深い皺《しわ》が刻まれている。歳は五十前後といったところであろう。深夜か早朝、まだ、人気《ひとけ》のないうちにここで下手人と遭遇したようだ。

散策していたとすると深夜ということはあるまい。殺されたのは夜明け前後と考えられる。更《さら》に言えば、屋敷はここから遠くはないだろう。

以上を勘案すれば、侍の素性は今日中にもわかるに違いない。

京次が懐中《かいちゅう》や袂《たもと》を検めた。袂から立派なこしらえの財布が見つかった。

「物盗りじゃねえってことですかね」

「物盗りがこんなことはしないだろう」

源太郎は前掛けを指差した。

「違いないですね」

京次もうなずく。

「物盗りではないとすると、相手は侍だろうか。それにしては、咽喉《のど》を抉るとは侍の仕業《しわざ》とは思えんが」

「前掛けといい、奇妙な殺しですね」

「物盗り目的ではないということは、恨みだろうか。恨みとすれば顔見知りの仕業ということになる。まずは、侍の素性を確かめることだな」

源太郎は気持ちを引き締めた。

と、ここで野次馬たちがざわめいた。一人の侍が野次馬の群れを蹴散らすような勢いで歩いて来る。羽織《はおり》、袴に身を包んだその男は、歳の頃なら三十歳前後、引き締まった身体、浅黒く日に焼けたその容貌は居丈高《いたけだか》な態度と相まって警戒心を呼び込む。

男は源太郎に視線を預けた。

「町方《まちかた》の者か」

上から物を言う態度ありありだ。

源太郎と京次が素性を名乗ったところで、

「拙者《せっしゃ》、徒目付《かちめつけ》工藤助次郎《くどうすけじろう》と申す」

徒目付は目付配下、目付の指示で江戸城本丸御殿《ほんまるごてん》前の取り締まり、牢屋敷《ろうやしき》における牢問《ろうどい》、更には遠国御用《おんごくごよう》など様々な役目を担っている。禄高は百俵五人扶持《ぶち》、御家人《ごけにん》が旗本に昇進するために経験する第一の大役である。

源太郎も京次も深々と頭を下げた。

工藤は亡骸に視線を落として言った。

「直参旗本前山玄蕃丞《まえやまげんばのじよう》さまにござる」

「御直参ですか」

京次が改めて亡骸に視線をやる。予想通りだが、それを誇る気持ちはない。直参旗本を殺し、亡骸にこんな趣向を施した下手人に興味が湧くばかりだ。

「前山さまは千五百石、二年前の皐月《さつき》まで普請奉行《ふしんぶぎよう》をお勤めであったが、病を理由に職を辞された」

工藤は淡々と述べた。

源太郎は改めて前山の亡骸に向き直ると、両手を合わせた。京次も慌ててそれに倣《なら》った。工藤も合掌した。

三人がひとしきり前山の冥福《めいふく》を祈ってから、

「工藤殿は、前山さまがお亡くなりになったこと、何処《どこ》で耳にされたのですか」

まだ早朝である。いかにも工藤の動きは迅速《じんそく》だ。

「目付太田刑部《おおたぎようぶ》さまより内々に前山さまの身辺に気を配れと命じられておった」

工藤が言うには、前山は病で職を辞したということだったが、それは気の病であったという。強迫観念を抱き、まさしく気も狂わんばかりの様子であったとか。

「このままでは、何やらよからぬことが起きるのではないか、太田さまはそのことをひどく気になさっておられた」

太田刑部は昌平坂学問所《しょうへいざかがくもんじょ》きっての秀才と評判され、名門旗本の出世街道において羨望《せんぼう》の的である書院番《しょいんばん》に入った。書院番という将軍の側近く仕える名門旗本の子弟揃いの中にあっても、太田はひときわ優秀で、三十二歳で公儀目付となった。それが、三年前のことである。ここ数年のうちには長崎奉行、大坂町奉行、京都町奉行といった遠国奉行に昇進するのではないかと噂されている。

そしてやがては勘定奉行、町奉行に昇る可能性が大きい。ひょっとしたら、源太郎が属する北町奉行所の主《あるじ》となるかもしれないのだ。

だからどうということもないのだが……。

「太田さまは、直参の動きに絶えず目配りをなさっておられる」

工藤の言うことは当然である。目付の役目は旗本、御家人の監察業務なのだから。

それをわざわざ口に出すとは工藤という男、八丁堀《はっちょうぼり》同心を舐《な》めているのであろうか。

そんな源太郎の思いなど斟酌《しんしゃく》する様子もなく工藤は続ける。

い親ということかもしれない。

「源太郎は立派に職務を遂行しますよ。蔵間殿のお血筋ですからな」

緒方は笑顔を見せた。

「あいつが定町廻りとは……。月日が経つのは早いものです」

そんなあたり前の言葉しか出てこない。それが父親としての複雑な心境を物語っているようで、我ながら感傷的だ。

「七福神巡り、花見、これから益々人出が多くなる時節に殺しとは、いささか不穏な春になりそうですな」

緒方はそのことが心に引っ掛かるようだ。

「なんでしたら、源太郎のような駆け出しではなく、もっと練達の者を当ててはいかがですか」

「それはできません。一度、任せたからには安易に替えるものではございませんし、第一、源太郎は立派に役目を果たしますよ」

「ご期待に添えましょうか」

源之助とても担当替えなどはできるはずはないと思っているのだが、定町廻りとなって最初の役目が殺し、しかも仏《ほとけ》が侍となると源太郎には荷が重すぎるのではないかという不安が胸を過《よぎ》ってしまう。

「ともかく、定町廻りになってからの初手柄となるよう期待しております」

緒方の一言は重かった。

「どしどし厳しいことを言ってやってください」

源之助は頭を下げた。

「貴重な戦力と思っております」

緒方は言い置いて居眠り番から出て行った。源之助は小さくため息を吐《つ》いた。息子は一人前となった。いや、一人前かどうかわからないが、ともかく、見習いではなくなったのだ。この先は、甘えは許されない。実績がものを言うことになる。

源太郎が定町廻りになったからには自分の進退も考えなければいけないのかもしれない。身体は頑丈《がんじょう》にできている。よもや、がたなどきていない。それだけに、隠居などとは無縁のように思える。後進に道を譲るといっても、居眠り番の後釜《あとがま》など成り手はいないだろう。

それをいいことに居座るか。

「居座り同心か」

自分の言葉にくすりと失笑を漏らしてしまった。

二

その日の夕暮れ、八丁堀越中橋《はっちょうぼりえっちゅうばし》の袂にある縄暖簾《なわのれん》で源太郎は先輩同心牧村新之《まきむらしんの》助《すけ》と酒を酌《く》み交《か》わしていた。

「どうだ、定町廻りになって」

新之助が酌《しゃく》をしようとするのを源太郎は遮《さえぎ》り、逆に新之助に酌をした。

「これまでとは、やはり、責任の重さが違いますから、気を引き締めています」

「まあ、おまえのことだから、大きな失態はないと思うが、気負い過ぎるのではないかと心配もしておる」

「気負いなどありません」

源太郎は猪口《ちょこ》をあおいだ。

「ところで、今朝の殺しだが」

新之助の口からその話題が出た途端に、源太郎は顔を歪《ゆが》めた。

「徒目付の工藤助次郎殿が担当されることになりました」

源太郎は経緯《いきさつ》を語った。

「殺されたのは直参旗本か。元普請奉行とは大物だ。そんな旗本が殺され、前掛けを掛けられていたとは……。どんな背景があるのだろうな」

実のところ、前山殺しが頭から離れないでいる。

「おまえのことだ。気になって仕方がないのだろう」

「正直申しますと、その通りです」

源太郎は申し訳なさそうに首をすくめた。

「謝ることはない。気にかかるということはおまえの役目熱心さを物語っているのだから。でもな、担当を外れたからには気持ちは切り替えないとな。事件は次々と起きるものだ」

「わかっております」

「よし」

新之助は徳利を勧めてきた。今度はその酌を受けた。

「でも、胸のもやもやは晴れません。前山さまの無残な亡骸、その亡骸を穢《けが》す滑稽《こっけい》な飾り付け、そんな奇妙さゆえでしょうか。ついつい拘《こだわ》り続けてしまいます」

「無理ないがな。最初の役目が殺しとあっては、おまえでなくとも気合いが入るものだ。おまけにこんな奇妙な殺しとあっては自分の手で下手人を挙げたいのは八丁堀同心であれば誰もが思うこと。それが、担当ではなくなるとは、鳶《とんび》に油揚げをさらわれたようであろう」

「さすがに鳶に油揚げとまでは思いません。殺されたのが直参旗本では町方の差配違いですから」

源太郎は猪口を置いた。その仕草を見て新之助も猪口を置く。それからおもむろに、

「なんだか、嫌な予感がする。この殺し、奥が深そうな。単純な殺しではないような」

「それはいかなることですか」

「はっきりとはわからんが、前山さま殺しは始まりに過ぎないような気がするのだ」

新之助は言ってから破顔し、

「酔いが回ったのかな。意味もなく余計なことを考えてしまう」

「わたしもなんとなくそんな気がしていたのです」

源太郎は言った。

「気のせいであればいいのだがな。いや、八丁堀同心として殺しの探索に携《たずさ》わり続けていると、ついつい悪いことを考えてしまう。因果《いんが》な仕事だ」

新之助は苦笑を漏らした。それから源太郎の顔を見なおして、

「すまん、余計なことを言った。これからというおまえの前でな」

「わたしとて、見習いとしてこれまでに色々な事件に携わってまいりました」

「そうだったな」

二人は今晩は飲もうと調理場に酒を追加した。

しかし、この晩の二人の話は本人たちも驚くことになる。ぴたりと的中してしまうのだ。後に向島の七福神殺しとして江戸中を騒がせることになった連続殺害事件の幕開けであった。


それから三日後、弥生四日のことだった。

向島の長命寺の境内《けいだい》で死体が発見された。今度は娘だった。

長命寺は向島七福神巡りの名所、弁財天を祀っている。門前で売られる桜餅《さくらもち》が有名だ。

「どうしたことでしょうね、桜餅を咥《くわ》えていますよ」

京次が指摘したように娘の口には桜餅が突っ込んであった。

「何かのおまじないでしょうかね」

京次は言う。源太郎はうなるばかりだ。

「死因は……」

京次は身を屈める。

一見して死因は明らかだ。喉笛が青黒くなっており、絞殺《こうさつ》されたに違いない。

「首を絞められていますね」

「そうだな」

源太郎にも異議はない。

「首を絞めて殺してから桜餅を口の中に入れたってわけですね。この桜餅、門前の茶店で売ったもんじゃないようですぜ」

桜餅を売る茶店にはこの娘は出入りしていなかったことが確認されている。

「まだ、歳若いな」

「娘盛りといったところでしょうか」

殺されたのは昨晩だろう。白々《しらじら》明けの空の下、棒手振《ぼてふ》りの豆腐売りによって見つけられた。この娘はまだ夜が明けぬうちに長命寺にやって来たことになる。そこで何者かに絞殺された。山門の前にある茶店はまだ開いていないことから、桜餅は下手人か娘が持参したのだろう。

「桜餅を口の中に入れるなんてこと、先日の前山さま殺しを思い出しますね。源太郎さまだって前山さま殺しとの関係を思っておられるのではございませんか」

「胸にわだかまりがあるのは確かだが、正直言ってわからん。共通点といえば、七福神巡りの寺と社《やしろ》の境内で亡骸が見つかったということだけだからな。強くは思えぬが、その可能性はなくはない」

「としますと、この娘、前山さまと繋《つな》がりがあるのでしょうか」

京次は亡骸に視線を落とした。

「一見して町娘だ。前山さまの御屋敷に奉公しているのかもしれん。素性を確かめねばな」

「前山さまが殺された一件、大した評判になっていますよ。無理もない。直参旗本が向島七福神の一つ三囲稲荷で殺されなすった。しかも、コンコンさまみたいに前掛けをしていたなんて、いかにも瓦版《かわらばん》好みのネタですからね。この桜餅を口に咥えた娘殺しもきっと騒がれますぜ。なんだか、難しい事件になりそうですね」

京次の言葉に源太郎もそんな予感が胸を覆った。

「素性を確かめねばならんが……」

「あっさりと割れればいいんですがね」

京次の危惧《きぐ》は意外にも早々に解決された。

その日の昼下がり、長命寺で見つかった亡骸が両国西広小路《りようごくにしひろこうじ》の水茶屋で働く娘お雪《ゆき》であることが判明したのである。水茶屋の主人伝兵衛《でんべえ》からお雪がいなくなったと両国の自身番に届け出があり、それが元で長命寺の亡骸がお雪であることが発覚した。

源太郎と京次は早速《さつそく》水茶屋を訪ねた。

両国西広小路は両国橋を挟んで東側にある両国東広小路と共に江戸きっての盛り場である。

明暦《めいれき》の大火の教訓により、大川には両国橋が架けられた。これに伴い橋の両側は火《ひ》除《よ》け地《ち》と指定される。火除け地には恒久的な建物が建てられないため、床見世《とこみせ》や葭簀《よしず》張《ば》りの小屋ができた。これが盛り場へと発展した。

菰《こも》掛けの見世物小屋、葭簀張りの茶店、床見世、楊弓場《ようきゆうば》などが建ち並び、賑わいを見せている。楽しげに行き交う男女の顔は明るく、春麗らの昼下がりを心の底から楽しむその様は平穏そのものだ。

そんな両国西広小路の横町を入ったどんつきにあった。

水茶屋は襷《たすき》掛《が》けの若い娘が客の給仕に当たる。娘目当てに客が集まることから、店の繁盛は看板娘に負うところが大きい。

「お雪は妹夫婦の娘でございます」

妹夫婦は葛飾郡《かつしかごうり》の百姓だという。伝兵衛はお雪の美貌に目をつけ、水茶屋で働かせることを申し入れた。お雪自身、両国西広小路という江戸きっての盛り場で働くことに強い意欲を示し、両親の反対を押し切って伝兵衛の誘いに乗り、昨年の秋から働き始めたという。お雪は期待通り、大きな評判を取った。

横町のどんつきという決していい立地ではないにもかかわらず、年が明ける頃にはお雪目当てに若い男たちが連日、押すな、押すなの盛況ぶりを示した。

それだけに伝兵衛は肩を落としている。店は休み、誰もいないがらんとした空間で、お雪がいかに評判の娘であったかを語ってから、

「わたしが、田舎《いなか》から引っ張り出さなければ、あたら若い命を散らすことはなかったのです。わたしがいけないのです」

伝兵衛は後悔の言葉を繰り返した。

「お雪は殺されたんだ。おまえの責任ではないし、ここで働くことをお雪は望んでいたのだろう。悪いのは下手人。下手人を挙げてやることがせめてもの供養《くよう》になるのだぞ」

源太郎は若造の分際《ぶんざい》で世慣れたことを言う後ろめたさを感じながらも、説教めいた

言葉をかけないではいられなかった。

「お役人さま、どうか、下手人を一日も早く挙げて、お雪を成仏させてやってください」

伝兵衛は切々と訴えてきた。

「では、尋ねる。昨日のお雪の様子を教えてくれ」

伝兵衛は深々と頭を下げてから言った。

「店での給仕が終わり、横山町《よこやまちょう》一丁目にお住まいなさいます絵師の樋口正円《ひぐちしょうえん》先生を訪ねて行きました。昼七つ（午後四時）のことでございます」

横山町一丁目ならばここからほど近い。娘の足でも四半時《しはんとき》（三十分）とはかからない。

「絵師……」

源太郎は小首を傾げる。伝兵衛はお雪の評判が高まり、絵師の樋口正円がお雪を絵にしたいと申し出てきたのだという。この時代、吉原《よしわら》の花魁《おいらん》や水茶屋の娘の絵が売れることは珍しくはない。お雪もそうした評判の娘であったようだ。

お雪は喜んで受けたという。五日前から一日置きに通い、もうすぐ出来上がるということだった。

「いつもは、一時《いっとき》（二時間）ほど絵を描いていただいてから帰ってまいりますのに、昨日はそれっきりでございました」

伝兵衛はがっくりとなった。

手がかりは樋口正円という絵師ということだ。

源太郎と京次は樋口正円の家に向かうことにした。


正円の家は横山町一丁目、両国西広小路の表通りから三町ほど入った横町に面した一角だった。元は打ち物屋であったというしもた屋を住まいとしている。入口を入り声をかける。すぐに奥の座敷に通された。

正円は初老、真っ白くなった髪を総髪《そうはつ》に結っていた。いかにも絵師といった風貌である。

「町方が何用ですか。ひょっとして、わしが描く絵が世の風紀を乱しておるとでも申されるかな」

「失礼ながら、わたしは正円先生の絵を拝見したことはございませぬ」

正円はそれならと、自分が描いた絵を取り出そうとしたが、

「水茶屋の娘、お雪をご存じですね」

源太郎が尋ねると正円の手が止まった。

三

「お雪ですが、今朝、長命寺の境内で亡骸となって見つかりました」

「なんと……。伝兵衛は具合が悪くて店を休んでいると申しておったのだが」

正円は驚きを隠せないようだ。

「何者かに絞殺されたんです」

京次が言い添える。

「なんという……。いやあ、あのような美しい娘が」

正円はお雪がいかに日々輝いていたかを語った。その美しさを一枚の絵に留めておきたいと筆を執《と》ったのだという。その絵を見せられた。なるほど、生前のお雪が生き生きと描かれている。それだけに、首を絞められ、苦しみ死んだお雪の顔が源太郎の脳裏に蘇《よみがえ》り、憐《あわ》れでならなくなった。

「お雪に恨みを抱く者はおりましょうか」

源太郎が訊く。

「お雪はそれはもう評判を呼んでおりましたからな、男同士でお雪を巡って痴情《ちじょう》のもつれということは当然考えられますな」

「さぞや、お雪のことを競《きそ》った男は多いんでしょうね」

　京次が訊いた。

「わしは、一々、誰それと具体的に名前を挙げることはできないが、そうした若者が多くいたことは想像できるな」

「昨日は、お雪は何時までここにおりましたか」

　源太郎が尋ねた。

「暮六つ（午後六時）の鐘《かね》が鳴る前に帰って行きましたな」

　ということは半時《はんとき》ほどだ。伝兵衛の話ではお雪は一時《いっとき》ほど正円に絵を描かせるということだった。それが昨日に限っては半時余りである。

「絵は描き上げたのですか」

「もう間もなくであったが、お雪は今日は用事があるとかでいつもよりも早めに帰って行ったのだ」

　何かありそうだ。誰かと会っていた。そして、その相手こそが下手人ではないか。

「何処かへ行くと申しておりましたか」

源太郎は問いを重ねる。

「ひどく急いでおったな」

正円はもう四半時でいいから、残ってくれと頼んだそうだ。四半時あれば絵は描き終えることができた。お雪も絵が出来上がることをそれはそれは楽しみにしていたという。ところが、昨日に限っては断固として断られたのだという。

「きっと、大事な用事があったのだろう」

家に帰っていないということは、お雪は正円の家を出ると何処かで何者かと会っていたことになる。

これは大きな収穫である。

正円の家から出たあとのお雪の足跡を辿《たど》れば下手人に行き着ける。

源太郎はそう確信した。

「お邪魔しました」

源太郎と京次は正円の家をあとにした。

「ここから、長命寺までのお雪の足跡を辿らなければいけませんね」

京次の考えも同じだ。

「聞き込みだな」

源太郎も決意を新たにした。

聞き込みを終え、源太郎は神田司町《かんだつかさちょう》にある京次の家に立ち寄り、今日の成果を確認することにした。

成果はあった。

成果が挙がったのは他ならぬお雪自身にある。何せ評判の娘である。正円の家から出て大川に向かう姿は何人もの人間に目撃されていた。お雪は両国橋を渡って両国東広小路の雑踏に紛《まぎ》れた。

ところが、夕暮れが迫る中、足取りはぷっつりと途絶えてしまった。

「そのまま長命寺に向かったんでしょうかね」

「それはないだろう。途中どこかで下手人と会ったはずだ。そこで殺されたのではないか」

「すると、殺しの現場は長命寺ではないってことですか」

「おれはそう思う。何故なら、長命寺では、人目に立つ。お雪は評判を呼ぶ娘、その容貌はいやでも人目を引いただろう。下手人はそんなに目立つお雪を殺す以上、目につかないところで殺し、殺してから長命寺に運び込んだに違いない」

「わざわざ、長命寺に運び込む理由が下手人にはあったということですか」

「それと、桜餅を口の中に突っ込んだわけもな」

源太郎は思案するように目を凝《こ》らした。

するとそこに京次の女房お峰《みね》が湯屋から戻って来た。源太郎に頭を下げてから、

「おまいさん、湯屋じゃ、水茶屋の娘お雪ちゃんが殺されたって、大変な評判になってるよ」

「実はそのお雪殺しを源太郎さまと追いかけてるんだよ」

「おや」

お峰はそれは失礼しましたとぺこりと頭を下げた。

「あんないい娘、きっと、男同士の争いだよ」

湯屋でもお雪を巡る男たちが争い事の末に殺したんだという意見で一致しているとのことだ。

「好き勝手言ってるな」

京次は批難がましい言葉を述べ立てたが、源太郎と自分もその線で追っていることに思いが及んだのか、ばつが悪そうに舌打ちをした。

「そうは言ってもね、あれだけ評判の娘じゃ、嫌でも人の噂になるもんさ。それに、

殺されたのが長命寺だろ。おまけに、口の中に桜餅が突っ込んであったそうじゃないか」

「そんなことまで広まっているのか」

京次が驚きの声を上げると、源太郎もおやっという顔になった。

「そうしたことは、何かと人の口を介して広がるもんだよ。明日辺り、瓦版が派手に書き立てるんじゃないのかね」

お峰の言う通りになるだろう。源太郎は黙り込んだ。殺しが評判を呼ぶのは珍しくはない。今回はお雪という評判の娘、しかも長命寺という場所、さらには桜餅が口に突っ込まれていた、まさしく瓦版が好きそうな道具立てが揃っている。

「源太郎さまも、お手柄立てるにはもってこいって言ったら、死んだお雪ちゃんに申し訳ありませんかね」

「いや、お雪殺しの下手人を挙げてやることが供養なんだ」

京次は自分に言い聞かせるように力強く告げた。同時に胸にはひしひしと責任感が押し寄せる。

「すいません、差し出がましい口を利いて……」

お峰はぺこりと頭を下げた。

「なに、そんなことはないさ。いや、殺されたのが誰であれ、この世に殺されていい人間などはいない。ひたすらに、下手人を追いかけるだけだ」

「それでこそ蔵間さまのお血筋だね」

お峰が言った。

「いいから、おめえ、茶でも淹《い》れてくれ」

「あらいけない、お茶、まだでしたね」

お峰は腰を上げた。

「まったく、余計なことをべらべらとしゃべる女ですみません」

「いや、それより、今思い出したんだが、ちょっと気になることが」

源太郎はここで言葉を止めた。

「何です」

京次が身を乗り出す。

「墨堤を向島に進むと水戸《みと》さまのお屋敷があるな」

「そりゃもう、どでかい蔵屋敷がありますね」

「その裏手にも屋敷がある。あれは、前山さまのお屋敷だった」

「そうでした」

京次は手を打った。次いで、

「ひょっとして、源太郎さまは本気で前山さま殺しとお雪殺しを関係付けていらっしゃるんですか」

「むろん、根拠が薄いとは思う。前山さまの屋敷があるから、あるいは同じ七福神巡りの寺が殺しの舞台であるからといって関係があると決めつけることはできない」

「ですが、あっしもだんだん臭ってきましたよ。それにもう一つ、忘れちゃいけねえ、共通点がありますよ。桜餅と前掛け、どちらも殺しに必要のない何のまじないかもわからねえ、細工をわざわざ施《ほどこ》しているんですよ」

「まさしくだ」

「こりゃ、同じ下手人ということですかね」

源太郎は考え込んだ。いや、気持ちは大きく傾いている。

「となると、前山さまとお雪の繋がりがあるということになるな」

「まさしく」

京次は手を打った。それから、

「前山さまがお雪の水茶屋にやって来て、見初《みそ》めたということは考えられませんかね」

「まったく否定することはできないな。その線で考えると、お雪に懸想《けそう》した男が前山さまを殺した、そして、お雪を自分の物にしようと思ったが、叶わずに逆上して殺した」

「そうに違いありませんよ」

京次は賛同したが、いかにも根拠が薄い。それではいくらなんでも安易に過ぎるだろう。

「前山さま殺しの探索が気にかかるな」

「徒目付の工藤助次郎さまを訪ねてみましょうか」

「実はわたしはそうしようと思っている」

そこへお峰が茶に桜餅を添えて持って来た。京次が批難がましい目を向けたが、源太郎はそれをむしゃむしゃと食べた。お雪の無念を思うと、少しも甘くは感じられない。

「お雪、美味《うま》くなかっただろうな」

京次も仇《かたき》を取ってやると、やけ気味で桜餅を食べた。

四

その頃、源之助は家路についていた。八丁堀が近づき、楓川《かえでがわ》に架かる越中橋に至ったところで独りの侍に呼び止められた。侍は、

「北町の蔵間源之助殿とお見受け致す」

源之助が無言の会釈《えしゃく》を返したところで、

「拙者、徒目付工藤助次郎と申す」

工藤は慇懃《いんぎん》な挨拶を送ってきた。源之助の胸に警戒心が湧いた。

「御子息源太郎殿が探索にあたっておられる一件につき、お話がござる。ちと、お付き合い願いたい」

徒目付といえば、八丁堀同心同様将軍の御目見得《おめみえ》は叶わぬ身であるが、格としては上である。むげにはできないし、源太郎が担当する一件ということも気にかかる。源之助は了解し、工藤のあとに続いた。工藤は無言で歩き出した。半町ほど歩き、こざっぱりとした料理屋に至った。その間、工藤は無言である。源之助も口を開こうとはしなかった。二人が無言を貫くものだから、重苦しい空気が漂っている。

上がり口を入り、奥まった座敷に通された。襖越《ふすまご》しに、

「工藤です。蔵間殿をお連れしました」

入れという声が返され工藤と共に中に入る。案内に立った仲居に向かって工藤が呼ぶまで来るなと釘を刺した。座敷には床の間《とこのま》を背負って羽織、袴に身を包んだ武士が座っていた。色白、切れ長の目、薄い唇が非情さを感じさせた。

工藤が、目付太田刑部さまだと紹介した。源之助は両手をつく。太田は素っ気なく、

「その方の息子、北町の蔵間源太郎、長命寺にて起きた殺しを探索しておるな」

「そのようでございます。わたしは、詳しいことは存じておりませんが」

「探索、ほどほどにせよと申してくれ」

太田は言った。

「それはいかなることでございましょう」

源之助はいかにも不服そうな顔をした。いかつい顔が際立ったことだろう。

「長命寺にて起きた殺しから三日前、すなわち今月の一日、三囲稲荷にて殺しが起きた。元普請奉行前山玄蕃丞殿が殺されたのだ。その一件はここにおる工藤が探索に当たっておる」

太田はちらっと工藤を見た。工藤は軽くうなずいてみせた。

「長命寺の殺し、前山さま殺しと関係があるのでございますか」

「いかにも」

「だから、太田さまが探索をなさるとおっしゃるのですね」

「その通りである」

「ならば、わたしなどに申されなくとも、御奉行に要請されればよいではございませんか」

「そういうわけにはまいらん。表沙汰になるからな。この一件、根深い事情があり、できれば内々に落着させねばならん。表立って町方の手をわずらわせるわけにはまいらんのだ。ここは、源太郎の父たるそなたに探索から……」

「探索から手を引けと申されますか」

「そこまでは申しておらん。町方の御用に口を挟むわけにはまいらんからな」

するとゝ工藤が横から口を挟んだ。

「さじ加減をせよということだ」

その居丈高な物言いはいかにも権力を振りかざすもので、源之助の胸には大きな不快感が湧き起こった。

「そのようなこと、できるはずもございません。倅はひたすらに一件を追いかけることでしょう。そうしたこと、わたしの口から止め立てはできませぬ」

源之助は断固として拒絶した。

工藤が身を乗り出そうとした。それを太田が制した。

「無理もなかろうか。いや、無理な願いをしておることは承知だ。その方が、それを承服しないことも予想できたし、当然のことと思う。わかった、これ以上は申さぬ」

太田は意外にもあっさりと引っ込んでくれた。源之助は安堵《あんど》すると共にいささかの拍子抜《ひょうしぬ》けもした。

「ところで、今回の殺し、下手人の見当はついておられるのでしょうか」

「まあな」

太田は生返事である。

どうやら、口に出すことはできないのだろう。源太郎に探索から手を引かせたいのは、表沙汰にできない事情があるとのことだったが、まさしく、太田としては目付という立場上内々に処理をしなければならない秘事に違いない。

「倅が真相に行き着くこと、危ぶんでおられるのでございますか」

「そうじゃのう」

太田の顔が苦悩に揺れた。

「いかなることなのでしょう」

「それは申せぬ」

太田は首を横に振った。

工藤は横で厳しい顔になった。

「ともかく、工藤、蔵間源太郎よりも先に一件を落着させよ。さすれば、なんら問題はない。この蔵間に要請などする必要もないのだ」

「御意《ぎょい》にございます」

工藤が相槌《あいづち》を打つ。

「お話は終わりましたな」

源之助は言った。太田は軽くうなずく。源之助は腰を上げた。

胸が大きくわだかまってしまう。目付太田刑部と徒目付工藤助次郎の顔が脳裏に浮かんでは消えていく。源太郎が関わる殺しの裏には、何やら、表沙汰になってはまずい真相が横たわっているようだ。直参旗本と水茶屋の娘、それを繋《つな》ぐ糸とはいかなるものなのだろうか。

源太郎の御用に口出しをする気持ちは毛頭ないが、いやでも興味をひかれる。

八丁堀の組屋敷に戻ると玄関で妻久恵《ひさえ》が三つ指を付いて出迎えてくれた。そうだ、やはり、黙っておくわけにはいかない。このことを耳に入れてやろう。

「源太郎の所に行ってくる」

屋敷内の離れ家である源太郎宅に足を向けた。上がり口で新妻の美津《みつ》の出迎えを受ける。昨年の神無月《かんなづき》に嫁いできて五カ月足らず、美津は蔵間家の嫁であることが板についてきた。

「おいでなされませ」

「源太郎、戻っておるようだな」

上がり口に源太郎の雪駄《せった》が脱いであることを確認しながらも敢《あ》えて尋ねた。美津は戻っていると答え、源太郎を呼ばわる。源太郎が居間から出てこようとしたが、源之助は居間で会うと告げた。美津は源之助が来たのは内々の話があるからだろうと居間に入ることを遠慮した。

源太郎は身構えている。

源之助はおもむろに太田刑部に呼び出され、工藤と二人で会ったことを話した。源太郎の視線が揺れる。

「太田さまは、今回の一件からおまえに手を引かせたいようだ」

一通り太田の要請を語った。

「やはり、前山さま殺しとお雪殺しは繋がりがあるのですね」

自分もなんとなくそんな気がしていたと付け加える。

「そのようだな」

「わたしは引く気はありません」

「むろん、わたしも、おまえが引くことはないし、わたしから説得する気もないことを告げた。すると、太田さまもそれ以上強くは申されなんだ」

「当然でございます。たとえ、御目付であろうと殺しの探索に口出しなどされたくはありません」

「そういうことじゃ」

「しかし、これから、探索となりますと、工藤殿との競争ということになると考えねばなりません」

「どうした、弱気になったのか」

源之助はにんまりとした。

「そんなことはございません。断じて臆するようなことはございません。たとえ、誰であろうと殺しの探索に口出しなんぞできるものではございませんし、探索は八丁堀同心の十手《じって》にかけて行います」

源太郎は力強く答えた。

それは父の目にもわが息子ながら頼もしく見えた。

「よかろう。思うさま、探索を行え」

「承知しました。そのことを聞き、逆に闘志が湧いてまいりました」

源太郎は言葉通り、闘争心に火をつけられたようだ。

「だが、くれぐれも、慎重に行うのだぞ。はやってはならん。気合いを入れるのと猛進するのとは違うのだからな」

源之助はそう言いながらもうれしくなっていた。源太郎は確実に自分の八丁堀同心としての志《こころざし》を受け継いでいてくれる。


源之助は母屋に戻った。

「源太郎、ようやっておる」

自然とそんな言葉が口から出た。

「そうですか」

久恵は関心を示したものの、突然源之助がそんなことを言い出したものだからきょとんとなっている。だが、理由を聞くことが憚《はばか》られると直感したようで、それ以上は問いかけを深めることはなかった。

「腹が減ったな」

「すぐに用意致します」

食欲が衰えることはない。そのことが隠居に思いを寄せない大きな原因であるような気がする。源太郎の成長が自分の隠居を早めるどころか、かえって活力を与えてくれているような気がしてきた。

五

明くる五日、源之助は居眠り番に出仕をした。そこへ一人の女が訪ねて来た。女は柳橋《やなぎばし》で船宿を営むお累《るい》と名乗った。

「蔵間さまに是非とも聞いていただきたいことがあるのです」

お累は暗い顔で言った。

「それは構わぬが、どうしてわたしの所に依頼など」

「杵屋《きねや》さんから聞きました」

「善右衛門《ぜんえもん》殿にか」

お累はうなずく。杵屋善右衛門は数十年の付き合いのある商人だ。日本橋長谷川《にほんばしはせがわ》町《ちょう》で履物問屋《はきものどんや》を営み、町役人を務める名士である。その善右衛門からの紹介とあれば、むげにはできない。

「実は、妙な客がいるのです」

船宿は船を待つ間の休憩所という本来の目的の他に男女が逢瀬《おうせ》を楽しむこともある。

「どんな客だ」

問いかける源之助にお累は声を潜めながら言った。

「お侍さまなのですが……。いつもお一人でいらっしゃるのです」

その侍は時折やって来て二階に上がる。

「何処《どこ》へ行くこともなく過ごしておられたのですが、昨日のことです」

お累はその侍の元に来客があったという。客は侍ではなく町人風だった。丁度《ちょうど》、お茶を持って行って襖越しに侍と男のやり取りが耳に入ってきた。

「準備は整った。決行するぞ」

侍が言った。その一言がお累はどうにも気にかかった。お累は、その侍が盗人《ぬすっと》の頭領《とうりょう》で、やって来た客が手下だと言い立てた。

「おまえが心配するのはわかるが、その一言《ひとこと》だけで盗人と決め付けるのはいかがなものか」

「それはそうでしょうけど。気にかかって仕方ございません。そのお侍の素性を確かめていただけませんか」

　お累は願い出た。

「それはかまわんが、番所に届ければいいではないか」

「こんな程度では相手にしてくれませんし、御奉行所がやって来たのでは、事が大きくなり過ぎですよ。うちの船宿にも変な評判が立ちますからね」

　お累の危惧がわからなくはない。それに、どうせ暇である。昨晩、源太郎の闘志溢れる様子に接し、自分も何か御用をせよと身体が言っているようだ。それに、善右衛門からの紹介という断れない事情もある。居眠り番に左遷《させん》されてからもその技量により、表沙汰にできない御用を担ってきた。それを源之助は影御用《かげごよう》と呼んで執り行っている。

「わかった。ならば、早速今日の昼にでもまいろう」

「ありがとうございます」

　お累はこれで一安心とばかりにうなずいた。

昼下がり、源之助はお累の船宿へとやって来た。上がり口に入ると、

「今、船に乗ろうとしているんですよ」

と、いきなりそんな風に切り出された。

その侍は今日に限って船を仕立てたいと言い出したという。それを、お累はなんだかんだと源之助がやって来るまで引き延ばしていたのだということだ。

「まだか」

二階から声がかかった。

「ただ今」

お累は返事をしておいて源之助に相談を持ちかけるようにしてちらっと視線を送ってくる。

「蔵間さまの船も用意してございます」

お累に言われ、

「わかった」

乗りかかった船とはこのことである。やがて、侍が下りて来た。糊《のり》のきいた小ざっぱりとした小袖に袴、月代《さかやき》もきれいに剃《そ》り上げている。四十前後、御家人風だ。この

男が盗人の頭《かしら》なのかどうかはわからない。ともかく、引き受けた以上、後を追わないわけにはいかない。

侍はちらっと源之助を見てきたが、源之助は視線をそらす。侍は船着き場へ行き、そこにもやってあった猪牙舟《ちょきぶね》に乗り込む。船頭がやがて舟を出した。

続いて源之助も猪牙舟に乗る。

もやってあった綱をお累が外し、船縁《ふなべり》にそっと両手を置いて押し出されると、なんとはなしに、心地よい気分になるものだ。

侍を乗せた猪牙はゆるゆると大川に出ると上流へと船首を向けた。何処へ行くのか。まさか吉原か。

侍は振り返ることなく進む。やがて、左手には幕府の米蔵、右手には肥前国平戸《ひぜんのくにひらと》新田藩主松浦豊後守《しんでんはんしゅまつうらぶんごのかみ》の屋敷、大きな椎《しい》の木があることから通称椎の木屋敷が見えてきた。米蔵には首尾《しゅび》の松が植えられ、椎の木と大川を挟んで向かい合っていることから夫婦になぞらえられる。

更に北上して左手に駒形堂《こまがたどう》を過ぎ、吾妻橋《あづまばし》を潜《くぐ》ると金竜山浅草寺《きんりゅうざんせんそうじ》の堂塔が春光に輝いている。侍を乗せた猪牙舟は浅草寺を通り過ぎ、待乳山聖天《まっちやましょうでん》の森に近づいた。

対岸の墨堤の桜並木がまさに満開の花を咲かせ、川面にも優美な姿が映り込んで小波《さざなみ》に揺れている。堤の上は押すな押すなの人だかりだ。

今戸橋《いまどばし》を潜って左へ着ければ山谷堀《さんやぼり》、すなわち吉原へ行くのだろうが、猪牙舟は右手向島へと着けられた。さては、墨堤で花見でもする気か。源之助も舟を下りる。

侍は堤を登って行った。

墨堤は人で溢れかえっている。侍を見失わないように気をつけるが、それでもうっかりすると人の波に呑まれてしまう。

侍は人混みを縫うようにして進む。源之助は人とぶつかりそうになりながらも相手を見失うようなことはなかった。

と、右手に長命寺が見えたところで、侍は墨堤を駆け下りて行く。源之助も慌てて走り出す。

侍に気づかれたのだろうか。それとも、目的地があっての行動だろうか。

侍は長命寺ではなく、隣接する弘福寺へと入って行った。弘福寺は向島七福神のうち、布袋尊が祀られている。侍は境内へと入った。源之助も続く。境内も大変な人出だ。

と、何者かが侍にぶつかったように見えた。

「ううっ」

侍が悲鳴を漏らす。

次の瞬間には咽喉から鮮血が噴き上がった。突然の侍の異変に境内を埋め尽くす人々の間からも悲鳴が上がった。

侍はどうと倒れた。そして、その背中には布の袋が背負わされていた。源之助は人々をかき分け、侍の傍《かたわ》らへと立った。人込みの中で匕首《あいくち》で喉笛を切り裂かれたようだ。

侍は事切《ことき》れていた。

袋はあたかも布袋尊を象徴するかのようであった。

源之助は呆然《ぼうぜん》とした。

「これは一体」

まったくもってわからない。そもそもこの侍は何者なのだ。お累が想像しているように盗人の頭なのであろうか。それにこの布袋尊のような袋。

源之助は袋を開けてみた。

そこには、着物がある。縞柄《しまがら》の袷《あわせ》だ。角帯《かくおび》もあった。

ここは布袋尊を祀る、向島七福神の一つ。これまで、三囲稲荷、長命寺で殺しが立て続けに発生した。今回の殺し、それらと繋がりがあるのか。とすれば、前山玄蕃丞、お雪、そしてこの謎の侍に共通の恨みを抱く者の仕業ということか。

なんとも謎めいた事件である。

まずはこの侍の素性を探らねば。厄介《やっかい》な事件になりそうなことは永年に亘《わた》って八丁堀同心の御用に与《あずか》ってきた勘がそう告げている。

そして、困難に直面すればするほど源之助の胸は熱くなる。

第二章　親子御用

一

侍の素性はわからなかった。

ただ、布袋尊のような袋に町人の着物が入っていたことから、侍を装っていたのではないかという推測がなされた。奉行所に戻り、源之助は同心詰所に顔を出すと筆頭同心緒方小五郎と源太郎の三人で協議を行った。

源太郎の顔には焦燥《しょうそう》の色がありありだ。源之助の方から緒方に目付太田刑部が接触してきたことを話した。

「すると、この殺しも前山さまやお雪の殺しに関係があるのでしょうか」

緒方は源之助に問うてきた。

「あると思います」

源之助ははっきりと返事をした。源太郎が、

「お雪と前山さまの繋がりを洗おうと思います」

「それがいい」

間髪《かんはつ》容《い》れず緒方も賛同を示した上で、

「蔵間殿、今回の殺し、つくづく奇妙なものでございますな」

「まったくです。わたしも永年に亘って八丁堀同心のお役目を担《にな》ってきましたが、こんな事件は初めてです」

「この難事件探索に当たり、太田さまの意向を無視してよろしいのですね」

源太郎が確認を求めた。緒方は町人が殺されたからには遠慮することはないと源太郎を励ます。

「ならば、早速です」

源太郎は勇んで出て行った。

「源太郎、頼もしいですな」

緒方が誉《ほ》めてくれたが、

「いやいや、気合いは入っておりますが、それが空回りにならなければいいがと心配

しております。ともかく、わたしも、妙な形で事件に関わってしまったようです」

源之助は言ってから腰を上げた。自分なりにまずはあの奇妙な侍について調べてみようと思った。


明くる六日の朝、源之助が船宿にやって来ると入口脇にある帳場でお累が応対した。

「いかがでしたか」

お累の耳には侍が殺されたことが届いていないのだろう。

「それがな」

源之助は向島まで尾行してから侍が殺されたことを話した。お累の顔が驚きと恐れで一杯になる。

「殺されたなんて。あのお侍、一体、何者だったのですか」

「背中に袋を背負っておってな、そこには町人風の着物があった」

「ということは、本物のお侍ではないということでしょうか」

「その可能性はあるな」

「怖い、一体、何をしていたのでしょう」

「わからん」

源之助は帳場で首を捻った。すると、来客である。お累が帳場を出て行った。それからすぐに蒼ざめた顔で戻って来ると、

「例の手下ですよ」

と、言った。

どうやら、侍と一緒に語らっていた男がやって来たそうだ。

「わかった」

またとない好機である。きっと、侍と接触しようというのだろう。ならば、話は早い。源之助は二階へと上がった。襖越しに声をかける。

「失礼するぞ」

「は、はい」

若い男のようだ。源之助が部屋に入ると戸惑いの目を向けてきた。

「おまえ、ここで男を待っているな」

相手は源之助のなりを見て八丁堀同心だと見当をつけたようだ。源之助は素性を告げる。相手は首をすくめ、三太郎《さんたろう》だと名乗った。

「何をやっておるのだ」

「ぶらぶらとしております」

三太郎は遊び人のようだ。その割には着物は着崩れていないし、月代や髭《ひげ》もきれいに剃られている。それに何処か育ちの良さを感じさせた。

「ここで待ち合わせた男がおるな。侍のなりをした男だ」

「兵右衛門《ひょうえもん》さんですね」

「何者だ」

「柳森稲荷《やなぎもりいなり》の近くで古着屋をやっていなさった方ですよ」

柳森稲荷は柳原《やなぎわら》通りにある。柳原通りは神田川に沿った土手の下を東西に走り、菰掛けの古着屋が軒を連ねている。兵右衛門はそうした古着屋の一人ということだった。

「古着屋……。侍ではないのだな。やっていたということは、今は古着屋をやっていないのか」

歳は四十くらいだったという。早めに隠居をしたということか。

「富《とみ》くじが当たったとかで、もう、暮らしには困らないからと、それと、身内もいないということから、余生を遊んで暮らすことにしたそうです」

兵右衛門は今年の正月に行われた湯島天神《ゆしまてんじん》富くじで二番くじ五百両が当たり、店をやめ、好き勝手に暮らしているという。

「ところで、兵右衛門さんが、どうかなさったんですか」

「殺された」

源之助は三太郎の目を見ながら告げた。

「ええっ」

三太郎は驚きの声を上げ口を閉ざした。本当に知らなかったのか、知らないふりをしているのかは判然としない。

「だから、言わねえこっちゃねえんだ」

三太郎は大きくため息を吐いてから、首を何度も横に振った。

「どうかしたのか」

「兵右衛門さんには散々忠告したんですよ」

三太郎は兵右衛門が侍の格好をして歩き回っていると面倒なことに巻き込まれかねないと注意したという。

「ところが、兵右衛門さんは面白がってこの遊びをやめようとしない。それどころか、ますます図に乗ってしまって」

兵右衛門の遊びはだんだんに大がかりになっていったという。それはどういうことだと問いかけると、

「でもって、一つ座興をやろうじゃないかって言い出したんです」

兵右衛門は花見客で賑わう墨堤でひと芝居打ちたかったそうだ。

「芝居というと、何をやろうというのだ」

源之助は興味をそそられた。

「仇討《あだうち》ということなんです」

「仇討だと」

「はい、仇討です。兵右衛門さんはとあるお大名家に仕官していたが、酒席での口論により同僚のお侍を斬って御家から出奔《しゅっぽん》した。それで、江戸で隠れ住んでいる。あたしは兵右衛門さんが斬ったお侍の息子で、父親の仇を探して江戸にやって来たって寸法です」

兵右衛門はその下見に昨日向島まで行ったのだという。

「で、今日これからあっしと打ち合わせをすることになっていたんですよ」

予定では明日、この船宿に集まって、三太郎も侍の扮装《ふんそう》をして向島に向かうことになっていたのだという。

「それが……」

三太郎は怖気《おぞけ》を振るった。

「とんだ火遊びになったってことか」

「ですから、やめておきましょうって言ったんですよ。まったく、兵右衛門さんたら、聞く耳を持たなかったんだから」

三太郎は悔しげに唇を噛《か》んだ。

「兵右衛門は殺されたのだが、下手人に心当たりはないか。人から恨みを買うようなことはなかったか」

「兵右衛門さんはいたって穏やかで明るいお方でした。兵右衛門の兵《ひょう》は剽軽《ひょうきん》の剽《ひょう》と言われているくらいでしてね。それはもう、至って温厚、面白い方でしたよ。とても、人から恨みを買うなど」

三太郎の言葉が熱を帯びた。真実、人当たりのいい男であったようだ。財布を盗られてもいなかった。恨み、物盗り目的ではないということは、

「通り魔ということか」

源之助は呟《つぶや》いた。

しかし、白昼堂々、花見や七福神巡りで賑わう弘福寺の境内で兵右衛門を殺すとは、一体、下手人にどんな意図、目的があったのだろうか。そもそも、はなから兵右衛門に狙いをつけていたのだろうか。ここで思い出されるのはお雪、それに前山玄蕃丞殺

しとの関係である。

「つかぬことを訊くが、兵右衛門は両国西広小路にある水茶屋の娘でお雪なる者を存じておったか」

「お雪っていいますと、今世間を賑わせている長命寺で殺されたって娘ですか」

「そのお雪だ」

三太郎は首を捻りながら、

「いいえ、とくには。もっとも、兵右衛門さん、両国には時折足を向けていらっしゃいましたからね、お雪の水茶屋には行ったかもしれませんね」

「では、元普請奉行の御直参旗本前山玄蕃丞さまを存じておったか」

「いいえ、聞いたことありません」

三太郎は首を横に振る。

そうだろう。古着屋と直参旗本が関係するとは思えない。しかし、同じく七福神巡りの寺で殺されたということがどうしても気にかかってしまうのだ。何か繋がりはないか。どんな些細《ささい》なことでもいい。

「もう一度、じっくりと考えてみてくれ」

源之助は一縷《いちる》の望みを託して問いかけた。しかし、三太郎の口からは期待したような話は聞かれなかった。

「下手人、挙げてくださいね」

「むろんだ」

源之助は心の底からそう返事した。

二

それより少し前の朝五つ半（午前九時）、源太郎は京次と共に両国西広小路へとやって来た。再び水茶屋を調べに来たのだが、お雪のいた水茶屋は雨戸が閉まっている。京次が雨戸を叩くとやがて開かれた。主人の伝兵衛が出て来ると思いきや、見知らぬ男である。

「伝兵衛さんはどうした」

京次は十手を示した。

「もう、店はおやめになりました」

男は伝兵衛は店をやめ、自分がこれから営業するのだという。お雪を失った悲しみから店を続けていくことができなくなったのだそうだ。

「無理もねえやな」

京次は言ってから源太郎を見た。店の前にはお雪を慕《した》った客たちが供えていった花が置かれていた。新しい亭主もそれはむげにはできず、そのままにしているのだとか。

二人はお雪の冥福を祈って水茶屋を離れた。

「手がかりはやはり、前山さまの所に行かねばなりませんかね」

京次の問いかけに、

「そうだな」

源太郎はうなずいた。

「しかし、太田さまや工藤さまからはきつく釘を刺されていますよ」

「そんなことは承知だ」

「失礼しました。かまいやしませんね。行きましょう」

京次も納得するように大きくうなずいた。


昼四つ半（午前十一時）、源太郎と京次は向島にある前山玄蕃丞の屋敷へとやって来た。

前山の屋敷は、向島の水戸藩邸の裏手である。そこは別荘といえるものだった。前山の隠居所である。主を失った屋敷は、満開の桜が優美であるだけにかえって寂しげな風情を漂わせている。誰もいない庭に桜の花弁が舞う様子は、あたかも春が去って行くようだ。別荘というだけあって、奉公人も少ない。

すると、

「おい」

横柄な声がした。

まごうかたなき工藤助次郎である。

「やはり、やって来たな」

工藤は批難の目を向けてくる。

「いけませぬか」

源太郎はむっとしながら問い返した。

「ああ、いかぬ」

工藤は言いながらもさして咎《とが》めるような態度には出てこなかった。

「おれがお主の立場でも前山さま殺しは調べたくなる」

工藤がそう言うのは、勘繰《かんぐ》ってみれば工藤の方も手がかりはなく、源太郎の探索に期待を寄せているのかもしれない。しかし、源太郎もここは意地にならないほうがいいと判断した。お互い敵対していても事件の解決どころか、事件の迷宮入りを招くことにもなりかねないのだ。

　案の定、

「おまえ、何か摑《つか》んだのか」

　工藤は問いかけてきた。ここで京次が、

「工藤さまの方こそどうなんですよ」

「さてな、とは惚《とぼ》けまい」

　案外素直に工藤は語り出した。それによると、

「前山さまは、このところ心の病がぶり返された。鬱屈《うっくつ》した日々を送っておられたのだ」

「何が原因ですか」

「普請奉行の際に行った二年前の材木の入れ札についてだ」

　工藤は乾いた口調で言った。

「入れ札がどうかしたのですか」

　源太郎は訊きながらも、前山が入れ札にあたって不正を働いたのではないかという考えが過《よぎ》っている。果たして工藤は材木の入れ札に関して不正が疑われたことを語り、

「前山さまが、木場《きば》の材木商貴船屋五郎次郎《きぶねやごろじろう》に値を漏らし、貴船屋が落札するよう仕向けたという噂があった」

「噂でございますか。事件にはならなかったのですか」

「むろん、内々にではあるが取り調べは行われた。その探索の過程で貴船屋五郎次郎が自害して果てたのだ。世間を、御公儀を、騒がして申し訳ございませんという遺書を残してな」

「つまり、貴船屋五郎次郎が全ての罪を背負ったってことですか。いや、背負わされたと言った方がいいのかもしれませんが」

「形の上ではそうなった。その後、事件は探索されることはなかった。もっとも、前山さまとても、職を辞されたのだから、貴船屋だけが責を負ったわけではないがな」

「しかし、貴船屋の無念さを思えば、職を辞したくらいでは」

源太郎が口を挟む。

「そうは申すが、前山さまとしては断腸の思いであられた。その後のご出世、それに御子息の御取立てというものが全て駄目になったのだからな」

工藤の言い分はあくまで直参旗本という立場にいる人間たちの考えであるに違いない。貴船屋五郎次郎の方は死んでいるのだ。

「不満か」

「大いに不満でございます」

「そうであろうな。だが、それが武家というもの。五郎次郎とて、それを承知で商いをしたのだ。発覚したから命を落とすようなことになったが、あれが、うまくいったら、五郎次郎は莫大な利を手にすることができたのだ」

工藤の物言いは乾いたものであるだけに、材木の入れ札を巡る陰謀がまざまざと浮かび上がってくる。

「それが商いというもの」

「話はわかりました。すると、今回の前山さまの殺しは二年前の入れ札不正事件に関わるということですか」

「太田さまはそのように考えておられる」

「では、五郎次郎の遺族、もしくは貴船屋の奉公人が下手人ということですか」

「五郎次郎の息子に三太郎という男がいる。こいつの行方がわからない。三太郎は五郎次郎の無実を訴えていた」

「三太郎はどうしてお雪までも殺したのですか」

「前山さまがお雪のことを気に入ってな、側女《そばめ》にしようと思っていたからではないのか」

工藤の言葉は歯切れが悪い。工藤もお雪殺しについては確証を得ていないようだ。

「もう一人、弘福寺で殺された男がいるのですが」

「ほう……」

工藤はどうやら知らないようだ。

「弘福寺で殺された男、長命寺で殺されたお雪、そして三囲稲荷で殺された前山さま。三太郎はそこにどんな意味を込めているのでしょう」

「三太郎のやっていることはよくわからんが、ただ、五郎次郎は生前、向島の七福神巡りを欠かさなかったという。入れ札が叶いますようにと、入れ札の日が近くなると尚一層のこと七福神を巡ったようだ」

「三太郎は父親が信仰していた七福神で父親の恨みを晴らしたということでしょうか」

「そうだろうな」

工藤はさらりと肯定した。

「絵が見えてきましたね」

京次が遠慮がちに言葉を添えた。

「しかし、三太郎がお雪ともう一人までも殺すというのがわかりませぬ」

源太郎はそのことが脳裏を去らず、胸がもやもやとしている。

「それは、三太郎を捕縛《ほばく》し、口を割らせればわかること」

「それはそうでしょうが……。では、三太郎の捕縛は我らにお任せいただけるのですか」

「この広い江戸で三太郎を探し出すとなると、町方の手で行うしかないからな。今回は手柄を譲る」

工藤はいかにも恩着せがましく言った。鼻もちならない男だが、下手人捕縛が優先だ。

「お引き受けしましょう」

「だが、その際、くれぐれもかつての入れ札のことは表沙汰にならぬように配慮願いたい」

工藤はこの時ばかりは下手《しだて》に出た。

「どのような事件の背景があれ、殺しを犯した者を見逃すことはできません。それゆえ、きっちり三太郎を捕縛します。ですが、吟味《ぎんみ》の過程においては何故《なにゆえ》殺しをしでかしたのかを明らかにしなくてはなりません。むろん、それを表沙汰にすることはありませぬが、瓦版あたりが面白おかしく書き立てるかもしれません」

「瓦版か」

工藤は薄笑いを浮かべた。

「既にお雪殺しに関しましては大きな扱いになっておりますから」

「物見高い連中というのは、後を絶ちませんからね」

京次も言い添えた。

「それはわからぬでもないが」

工藤は困ったように眉間《みけん》に皺を刻んだ。

「ともかく、殺しをした者を野放しにはできません」

源太郎は強く主張した。横で京次も眦《まなじり》を決する。

「むろん、三太郎を捕縛するなとは申さぬ。町方にて確実に捕縛していただきたい」

工藤は尚も何か言いたそうな素振りだったが、気が変わったのかくるりと背中を向けた。立ち去る工藤の背中を目で追いながら、

「ともかく、三太郎の行方を追わねばなりませんね」

京次は言った。

「となると、木場だな」

まずは二年前の入れ札騒動について事実確認をしなければならない。工藤を疑うわけではないが、裏付けは必要だ。

三

源之助は三太郎と別れようと思ったがふと、

「おまえ、兵右衛門とは何処で知り会ったのだ」

三太郎は言い淀んでいたがじきに、

「客でしたよ。あっしゃ、これでも着道楽でしてね。兵右衛門さんの所の古着は安くていい品が入るんですよ。それで、まあ、よく顔を出しているうちに気に入られましてね」

三太郎は言うと立ち上がろうとした。ところが、よほど慌てていたのだろう。懐《ふところ》から何かを落とした。慌てて拾おうとしたが、源之助が先に拾い上げた。

お札《ふだ》である。

恵比寿、大黒天、弁財天、布袋尊、福禄寿、寿老人、毘沙門天、いわゆる七福神だ。

いやでも、向島七福神での殺しが脳裏を過《よぎ》る。源之助の視線に気づいたのか、

「七福神は親父が好きだったんですよ」

三太郎は大事そうに懐に戻した。

「そうか、まあ、七福神巡りは盛んだからな、ところで、いくら古着とはいえ、そうしょっちゅう買うにはそれなりの銭が必要だろう。稼ぎはどうしていたのだ」

「まあ、色々と」

「色々ではわからん」

「お役人さま、これはお取り調べなのでしょうか」

三太郎の目が尖《とが》った。

「そうではない。だがな、こういう仕事をしておると何かと好奇心が強くなってな」

源之助はいかつい顔を努《つと》めて柔らかにした。三太郎はぽつりと言った。

「木場の材木商の跡取りだったんですがね」

どうりで崩れた中にも育ちの良さが窺えたはずだ。しかし、だったというのが気にかかる。放蕩《ほうとう》が過ぎ、勘当《かんどう》にでもなったのか。すると三太郎は源之助の心の内を見透かしたかのように、

「放蕩息子で、親父から勘当されたって思っていらっしゃるんでしょう」

「そうだ」

源之助は否定することもなかろうとうなずいた。

「そう思われるのも無理はねえですが、実は親父は死んだんですよ」

三太郎は思いつめたような顔になった。

「死んだ……」

単なる死、病死などではないだろう。

「自害です」

やはり穏やかではない。

「何故自害など……。商いに失敗でもしたのか」

「失敗じゃありません。それどころか、材木問屋を大いに繁盛させたんです。それが、とんでもない疑いをかけられてしまったのです」

三太郎が言うには、三太郎の父貴船屋五郎次郎は、御公儀が発注した五千両分の材木の入れ札において、普請奉行前山玄蕃丞に多額の賂《まいない》を贈った。その罪により、入れ札から外されたばかりか、不届きな行いをしたとして、半年間の営業停止、木場の材木商組合からも除名された。

「とてものこと、商いは立ち行かなくなりました」

その結果、五郎次郎は首を括《くく》り貴船屋は潰《つぶ》れた。

「それから、あたしは、わずかばかり残った遺産で食いつないでいるんです」

三太郎はしんみりとなった。

前山玄蕃丞が関わっている。これは偶然だろうか。

「それはさぞや無念であったろうな」

「悔やんでも悔やみきれません」

「ひょっとして、前山さまを恨んでおるのか」

源之助は三太郎に視線を預けた。

「お恨み申しました」

三太郎は源之助の視線を受け止め、しっかりと答えた。それからすぐに破顔し、

「ですが、相手は御直参。恨んだところでどうなるものでもございません。忘れようと努めました」

「忘れられたか」

「お役人さま。まさか、あっしが前山さまを殺したと、お考えなのではございますまいね」

「そう単純には考えぬが……。そうなのか」

「まさか。よしてくださいよ。あっしにそんな大それたこと、できるはずございませ

ん」

三太郎は凄い勢いで否定してから、前山が七福神を祀る三囲稲荷で殺されたのは、きっと父親が信仰していた七福神が天罰を下してくれたのだと言い添えた。

「天罰か」

源之助は呟いた。

「聞くところによりますと、長命寺でも両国西広小路の水茶屋の娘が殺されたとか。巷《ちまた》の噂じゃあ、兵右衛門さん殺しも加わって、三人は同じ下手人の仕業だって評判になっているんでしょう。あたしに、前山さまを殺す理由があったとしましても、娘やましてや兵右衛門さんを殺す理由なんてありませんよ」

三太郎の言う通りである。

三人の殺しを繋ぐのは向島七福神。三太郎が恨みを抱いているのは前山ただ一人。いや、そうとは限らない。三太郎の言葉をそのまま信用していいものではない。前山以外の二人にも何か恨みがあるのかもしれない。

「ともかく、あっしは今回の殺しとは何の関わりもねえですからね。そのことははっきりと申し上げます」

三太郎は強く主張した。

「わかった。何処に住まいしておる」

源之助は睨み返す。

「豊島町《としまちょう》一丁目の長屋です。酒問屋米沢屋《よねざわや》さんが地主となっていますよ。親父が懇《こん》意《い》にしていましたんでね、無職でも住まいさせてもらってますよ」

豊島町一丁目は柳原通りに面している。柳原通りの古着屋にもほど近い。兵右衛門と知り合ったというのは本当だろう。

三太郎は何らやましいことはないと、自分の住まいを告げた。

「なんでしたら、一緒に来ていただいてもいいですぜ。あっしゃ、逃げも隠れもしないんですから」

「その必要はない」

「なら、あっしはこれで失礼します」

三太郎は腰を上げた。源之助には引き止めるだけの理由はない。三太郎は足早に立ち去った。入れ替わるようにして、女将のお累が入って来た。

「お累、侍の素性が知れたぞ」

お累にも教えてやらねばなるまい。何せ、怖い思いをしたのだ。見知らぬ侍、得体が知れないと畏《おそ》れ、しかも、その侍は突如として殺されてしまったのである。

「やはり、お侍でしたの」

「そうではない。柳原の古着屋の主人だったのだ」

源之助は三太郎から聞いた、古着屋の主人が富くじに当たって店を畳み、道楽で侍の真似事《まねごと》をしていたことを語った。お累は目を白黒させて聞いていたが、

「そうだったのですか。お侍にねえ。そんなに侍っていいものですかね」

「いいものではないさ」

「でも、その揚句《あげく》が殺されなすってしまったんですから。憐れなものですね。こんなことになるなんて、もっと、親切にして差し上げるんでしたわ」

お累はしんみりとなった。

「おまえのせいではないさ」

源之助は言うと、よっこらしょと腰を上げた。このところ、「よっこらしょ」と掛け声をかけてしまう。つくづく齢《とし》を取ったものである。

昼八つ（午後二時）を過ぎ、源太郎と京次は木場で聞き込みを行った。

江戸は火事が多い。火事が起きると当然材木の需要が起こる。江戸幕府開設当初、材木商は八重州河岸、道三堀といった江戸城近くに店を構えていたが、江戸の町が大

きくなるにつれ火事の温床となり、幕府は何度も材木置き場を移転させ、最終的に元禄《げんろく》十四年（一七〇一）に十五の材木問屋が幕府から深川の南に土地を買い受け材木市場を開いた。これが木場である。

四方に土手が設けられ縦横に六条の掘割と橋が作られた。一帯には材木問屋が店や贅《ぜい》を尽くした屋敷を構え威容を誇っている。

潮風の匂いに材木の香りが混じる。

元貴船屋で働いていたという木挽《こび》き職人や筏師《いかだし》たちから話を聞くことができた。みな、声を揃えて、生前の五郎次郎がいかに優れた商人であったのかを語った。中には涙ぐみながら思い出話をする者もいて、五郎次郎の遺徳が偲《しの》ばれた。

「貴船屋の旦那に限って、不正なんかするはずはありませんよ」

「まったく、仏さまみたいなお方でした」

「何かの間違いですよ」

「陥《おとしい》れられたんです」

そんな評判である。

陥れられたとは聞き捨てにはできない。

「一体、誰にだ」

源太郎が問うた途端、相手は言葉を濁らせた。よほど、口にできない名前なのだろう。源太郎はおおよその見当がついた。それは、二年前の材木の入札で実際に落札させた者がいるはずだ。五郎次郎が失脚し、最大の利益を受けることができた者。

「では、実際に落札したのは誰だ」

源太郎が訊く。

相手は黙り込んでいる。それを京次が、

「どうせ、調べりゃわかることだ。なにも、そのお店の罪を問うわけじゃねえんだよ」

すると一人が、

「備前屋《びぜんや》さんです」

備前屋の主人は三木助《みきすけ》というのだそうだ。源太郎は備前屋を覗くことにする。それから、

「ところで、五郎次郎には息子がいたな」

「はい、三太郎さんです」

「その後、どうしているか知っているか」

「さて、何処で何をしていなさるかはわかりませんが、向島七福神で見かけた者がい

ますよ。なにせ、五郎次郎さんは向島七福神を厚く信仰なさっていましたからね」

男は言った。

四

源太郎と京次は備前屋に対する聞き込みを行った。それによると、備前屋は二年前の入札の成功により、飛躍的な発展を遂げたという。しかも、主三木助は元は貴船屋に奉公し、それから暖簾分けをしてもらったという経緯があった。それだけに、備前屋三木助の評判はよくない。

中には露骨に実際に普請奉行前山玄蕃丞に賂を贈ったのは貴船屋五郎次郎ではなく、備前屋三木助だという者もいた。

評判はよくないが今は隆盛を誇っているため、誰も表立っては悪くは言えないということ。

「訪ねてみるか」

源太郎の提案に京次が反対するはずはなかった。

二人は備前屋へとやって来た。なるほど、新興の店である。源太郎が訪《おとな》いを入れると、すぐに三木助がやって来た。派手めの縞柄の小袖に長羽織を重ねている。途中、奉公人たちにあれこれと指図をしている様子はいかにも神経質そうで、尚且《なおか》つ野心ぎらぎらの商人に見えた。

「手前に何か御用ですか」

三木助はいかにも商いを邪魔されたという不満を滲《にじ》ませている。

「繁盛しているようだな」

源太郎が言うと、

「まだまだでございます」

いかにも機嫌が悪そうに返した。座敷はおろか店に上げようともしない態度は早く帰れと言っているに等しい。

「二年前の入れ札、見事落札させたとか」

三木助の目つきが変わった。ひときわ警戒心を抱き、上目使いとなった。

「それが何か」

「入れ札に関して、痛ましい出来事が起きたのだったな」

「貴船屋五郎次郎さんでございますね」

「そうだ」

「まこと、信じられぬ思いでございます。お役人さま……」

「北町の蔵間と申す」

ここで三木助はぺこりと頭を下げた。

「蔵間さま、お聞き及びと存じますが、手前はかつて貴船屋さんに奉公しておりました。旦那さまには商いの手ほどき、商人の心得を学ばせていただきました。旦那さまは、それはもう優れた商人でいらっしゃいました。とても、不正を働くようなお方ではございません。きっと、何かの間違いであったのだと思います」

その言葉には嘘は感じられない。一代にして材木問屋を立ち上げた立志伝中の男であるだけに、これくらいの嘘は平気でつけるのかもしれないが、三木助はしきりと五郎次郎のことを惜しんだ。それから、

「これは、お茶も出しませんで」

今更ながらに源太郎と京次を店に上げた。茶を出してくれたが、それは申し訳程度に色が付いたもので、白湯《さゆ》の方がよほどましである。

「ところで、入れ札を行った元普請奉行前山玄蕃丞さまがお亡くなりになったこと、存じておるな」

「存じております」

三木助は神妙な顔つきとなった。それから、

「三囲稲荷で殺されなすったのでございますね。その後、向島七福神で立て続けに殺しが起きているとか」

三木助は首をすくめた。

「心当たりはないか」

源太郎は斬り込んだ。

「下手人でございますか」

三木助の声がしぼんでゆく。

「あるのではないか」

源太郎は更に突っ込んだ。

「それは……。蔵間さま、既に心当たりがおありなのではございませんか」

逆に三木助が問うてくる。

「ああ、五郎次郎の息子、三太郎だ」

源太郎はきっぱりと言った。

「三太郎さんは、確かに、旦那さまの無実を叫んでおられました。前山さまのことを

悪く言われ、手前の所にも怒鳴り込んでこられました」

「三太郎はその後、どうなったんだ」

「どうされたことでしょう。でも、こう申してはなんですが、三太郎さんがもう少ししっかりしていなさったら、貴船屋は店を失うことはなかったのだと思います」

「三太郎は不出来だったんですかい」

京次が聞いた。

「まあ、商売熱心とは申せませんな。いつも、何処かへ遊びに行かれ、店にはあまり顔を出すことはなかったそうです。旦那さまの唯一の玉に瑕《きず》は三太郎さんにきちんとした意見ができなかったことなんです」

三木助は盛んに残念だという言葉を連発した。

「おまえ、前山さまを殺したのは三太郎だと思うか」

源太郎が訊く。

「さて、それはないと思います」

三木助はきっぱりと断言した。ばかに自信のあるその態度が妙に気にかかる。

「どうしてだ」

「こんなことを申せば、不遜《ふそん》と思われるかもしれませんが、三太郎さんにそんな度胸があれば、店を失うことはなかったのです。三太郎さんが人を殺すなど、そんな大それたこと。ましてや、御直参の身にあるお方などとてものことできるものではございません」

「ところが、二年も経てば、人は変わるものだぞ」

源太郎は言う。

「それはそうでしょうが。三太郎さんに限って」

三木助はあくまで否定的だ。

「では、訊く。前山さまの他に殺された両国西広小路の水茶屋の娘、お雪について心当たりはないか」

「水茶屋の娘ですか」

三木助は首を捻っていたが、心当たりはないと答えた。

「老婆心から申しておくが、おまえ、用心した方がよいぞ」

「まさか、三太郎さんがわたしを殺しに来るとでもおっしゃるのですか」

「その通りだ」

「ご冗談を」

「冗談ではない」

源太郎が言うと横で京次もうなずいた。さすがに三木助も真顔になる。

「ご忠告ありがとうございます。では、お尋ねします」

三木助は前山に続いて向島七福神で起きている殺しについて尋ねた。

「あれも、三太郎さんの仕業とお考えなのでございますか」

「今のところはな」

「どういう繋がりがあるのです」

「それはわからん」

源太郎は力なく首を横に振った。

「なんとも頼りないことですな。あ、いや、失礼しました。ですが、御心配には及びません。私は七福神には行きませんから」

三木助は七福神に限らず、おおよそ信心というものをしないのだそうだ。

「これまで、七福神がらみで殺したからいって今後もそうするとは限りませんや」

京次が口を挟んだ。

「それはそうでしょうが。まあ、三太郎さんなら顔をよく見知っておりますから、うかうかと殺されることはないと思います」

三木助は強気の姿勢を崩さない。

「わかった。よかろう。こちらは三太郎を捕まえるだけだ」

「よもや三太郎さんが下手人などとは考えられませんが」

三木助は最後まで信じようとはしなかった。三木助は一向に動じる素振りも見せず、商いへと戻って行った。源太郎と京次は備前屋をあとにした。

「やはり、下手人は三太郎ですかね」

京次は疑問を抱き始めたようだ。

「前山さまとお雪、兵右衛門との繋がりが明らかとなればはっきりとするのだがな」

源太郎は呟くように言った。

「ともかく、三太郎の行方ですね。こりゃ、忙しくなりそうだ」

京次は言葉とは裏腹にうれしそうである。源太郎も探索に手応えを感じ、心地よい疲労に身を浸すことができた。

「それにしても、妙な殺しですね」

京次はつくづくそう言った。

「まったくだな」

「こんな妙な殺しに定町廻りにおなりになった途端にぶち当たるとは、源太郎さまもついていませんよ」

「ものは考えようだ。困難な事件であればあるほど遣り甲斐《がい》というものはある」

「それでこそ、蔵間さまのお血筋だ」

「蔵間家の性分とは厄介なものだな」

「おや、弱気におなりになったんですか」

「そんなはずはなかろう。こんなことで挫《くじ》けていては父上の叱責《しっせき》を買うだけだ」

「違いございませんね」

二人は顔を見合わせてうなずき合った。

だが、この先、事件は一層混迷の度を深めようとは源太郎も京次も夢にも思わなかった。

五

夕七つ半（午後五時）、源之助は居眠り番で緒方を交え、源太郎と協議を行った。

まずは、源太郎が、

「前山さま殺しにつきまして、徒目付工藤助次郎殿より二年前の入れ札騒動に関わりがあると教えられました」

貴船屋五郎次郎のこと、五郎次郎が不正を働いたということで営業停止処分を受け、自害に追い込まれたこと、そして、五郎次郎には一子三太郎がいて、三太郎は最後まで父の無実を訴えていたことを付け加え、さらには、

「貴船屋から独立しました備前屋三木助という男がおります」

備前屋を訪れたことを語った。

それまで黙って聞いていたが源之助はおもむろに口を開いた。

「その三太郎にわたしは会った」

源之助が船宿での一件を語った。

当然のことだが、緒方と源太郎は驚きを隠せない。

「三太郎の所在はわかるのですね」

「いかにも」

源之助はうなずく。

「では、早速まいりましょう」

源太郎は勇み立った。源之助も異存はない。緒方が、

「蔵間殿、ご足労おかけいたす」

「なんの、暇を持て余しております。こんなことを申してはお気を悪くなさるかもし

れませんが、御用がある方が生き生きとできるもの」

源之助は腰を上げた。

夕暮れとなったが、二人は奉行所から豊島町に向かった。ここではたと源之助は気が付いた。そういえば、倅と一緒に御用というのはなんとも面映《おもは》ゆい気分になってしまう。一方源太郎はというと、御用のことで頭が一杯なのだろう。口を真一文字《まいちもんじ》に引き結んで黙々とついて来る。

なんとも気詰まりな空気が流れる中、

「三太郎、父上からご覧になってどのような男でございましたか」

源太郎が口を開いた。

「なんとも飄々《ひょうひょう》とした男であったな」

「今回の下手人だと思われますか」

源太郎は歩みを止めることなく問うてきた。

「さてな」

性急な結論づけはできない。それでは源太郎も不満そうだ。

「わたしの目には下手人とは思えぬな」

「それはいかなることでしょうか」

「勘と申したら、なんとも心もとないが、殺気立ったところがない。三人もの人間を殺《あや》めたのなら、身には血を帯びているもの。血は洗い流したとて消えるものではない。三太郎にはそうしたところがなかった。あれで、人を殺していたのなら、よほどの手《て》練《だれ》。つまり、ただの町人ではない。それこそ隠密もどきだ」

「備前屋三木助が申すには、三太郎がもう少ししっかりしていれば貴船屋は店を畳むことはなかった、とてものこと、三太郎に人を殺める度胸などはないというものでした。とても隠密もどきとは思えません」

三木助から聞いたことを述べ立てた後、もっとも二年経てば人は変わるということも付け加えた。

「なるほど人は変わるものだがな、今の三太郎にはとてもぎらぎらとしたものは感じられない」

源之助の言葉に源太郎は口を閉ざしたが、それはなんとも判断がつきかねることの戸惑いであった。

「かりに三太郎が下手人として、前山さまに対する恨みはわかるが、お雪や兵右衛門を殺さねばならぬ理由がわからない」

「それはわたしにもまったく見当がつきません」

「何か考えはないか」

源之助はここで立ち止まった。

丁度、柳原通りに差し掛かったところだ。ここらは兵右衛門がかつて古着屋を営んでいた所だが、今は夕暮れとなり、どの古着屋も店仕舞いをしている。閑散とした風景が春の夕暮れには似つかわしくはない。

源太郎はしばらく考え込んだ。

源之助が、「まあ、よい」と歩き出そうとすると、

「見せかけでは」

源太郎は呟くように言った。

源之助が黙って見返す。

「つまり、一見して繋がりがあるように見せかけ、実際の殺しの動機を隠しているというのはどうでしょう」

「本当は前山さまを殺したいのに、前山さまだけを殺したのでは、動機の点から下手人の素性を手繰《たぐ》られてしまうということか」

「そうです」

「前山さま一人を殺すのに、他に二人も殺したということか」

源之助は首を捻った。源太郎もさすがに無理があるだろうという考えが過《よぎ》ったのか黙り込んでしまった。それから自説をいぶかしむように、

「この考えはいかにも無理やりというような気がします。現にまずは前山さま殺しから手繰られてしまいました。本当に狙いが前山さまであるのなら、真っ先に殺すことはありません。そこから探索が始まりますから」

「いかにもその通り」

源之助もうなずく。

「そうしますと、まったく事件はわからなくなりました。ともかく、まずは三太郎を訪ねることにします」

源太郎は歩き出した。

二人は豊島町一丁目にある酒問屋米沢屋が地主となっている長屋へとやって来た。神田川に架かる和泉橋《いずみばし》と新シ橋《あたらしばし》の間、常陸国谷田部《ひたちのくにやたべ》藩藩主細川長門守《ほそかわながとのかみ》の上屋敷を過ぎた辺りだ。

源之助が三太郎の家の腰高障子を叩いた。

「蔵間だ」

とんとんと叩く。源之助の胸の中には不安が生じている。ひょっとして、逃亡してしまったのではないのか。八丁堀同心に目をつけられたと思ったとしても不思議はない。もし、三太郎が下手人ならば、ここには留まってはいまい。

が、それは杞憂《きゆう》に終わった。

「はい、ただ今」

中から聞き覚えのある三太郎の声が返された。ほっとするのも束《つか》の間《ま》、腰高障子が開けられた。

源之助は木戸に源太郎を待たせておいて、ただ一人でやって来ている。

「ちょっと、いいか」

三太郎はにこやかに挨拶をしてきた。源太郎は木戸の陰から三太郎の顔や背格好を脳裏に刻んだ。

「どうぞ、どうぞ」

三太郎に招き入れられ源之助は中に入った。中はこざっぱりと片付けられ男の一人住まいにしては清潔感に溢れている。

「良く片付いておるではないか」

「まあ、そんなに家財道具もありませんからね。いらしたのはあれですか、わたしをお疑いなのでしょうか」

三太郎はいきなり切り出した。

「よくわかっておるではないか。だったら、わたしも惚《とぼ》けるようなことはすまい。いかにも、そなたに前山さま殺しの嫌疑がかかっておる」

「それはそれは」

三太郎は驚く風でもない。

「否定するのだな」

「もちろんでございます。わたしに、そのような大それたこと、できようはずはございません」

三太郎はひどく落ち着き払っている。おまけに、

「なんでしたら、これから御奉行所にお伺いしましょうか」

三太郎は申し出た。

源之助はじっと三太郎を見る。三太郎は静かに微笑《ほほえ》んでいた。それは源之助を前にしてふてぶてしいというのではない。自信をみなぎらせているわけでもない。淡々とした、まるで修行僧のような佇《たたず》まいである。

その様子からは殺しを犯したという血生臭《ちなまぐさ》さが微塵《みじん》も感じられなかった。人を幾人も殺めている男にはその気配を感じるものだが、三太郎にはない。

これで人を殺したとなると、源太郎に言ったように三太郎はただの町人ではない。隠密もどきということになろう。ただの町人か隠密もどきか、いずれにせよ、今の段階で三太郎を一連の殺しの下手人とするには証《あかし》も根拠もない。

「いかがされますか」

三太郎は言った。

源之助は逡《しゅん》巡《じゅん》した。今は、このまま三太郎を取り調べたとしても、何も出てはこないだろう。三太郎が下手人でないとは断定できない。しかし、あまりにも材料が少なすぎる。

「いや、よい」

源之助は言った。

「よろしいのですね」

三太郎は念を押してきた。

「よい」

家は確かめた。明日も覗いてみよう。動きを見定めて怪しい素振りでも見せれば……。なんらかの引っ張れる口実を見い出すことができれば即座に対応する。できれば京次を張り付かせたいところだが源太郎の御用で手一杯だ。まずは泳がせておいて様子を確かめてからだ。怪しいと感じたなら緒方殿に言って三太郎への張り込みに人数を当ててもらおう。

源之助は路地を歩き木戸へと向かった。

第三章　出仕停止《しゅっしていし》

一

源之助は木戸で待つ源太郎に三太郎とのやり取りを語った。

「父上は三太郎の仕業ではないとお考えなのですか」

「不満か」

「いえ、わたしは父上の目を信じます」

「番屋に無理にでも引っ張れないことはないが、よいか」

「いま少し、調べを進めてからと思います」

源太郎は言うと歩き出した。源之助は息子から信頼されたことが面映《おもは》ゆくなった。

八丁堀への帰りの道々、色んな話をしようと思うが切り出せない。せっかく同じ事件に取り組んでいるのだ。何か助言めいたことを言ってやりたい。それがうまく話せないのは照れというものだ。

源太郎も源太郎で、父から助言を受けることが、一人前になったのだからできないという、意地というよりは照れが生じてできない。

それぞれの思いを秘めて二人は八丁堀の組屋敷へと戻って来た。


木戸を潜ると、源太郎は一礼してから離れ家の入口に至る。源之助も母屋の玄関を入り、久恵の出迎えを受けながら居間に入った。なんとなく、

「源太郎と同じ一件の御用を務めている」

自分でも思わず知らず口に出してしまった。

「あら、そうなのですか」

久恵は戸惑いを示した。無理もない。源之助が家で役目の話をするなど滅多にないからだ。それでも、息子と同じ役目を担っていることが気になったのか、話をしてくれたのがうれしいのか笑みを浮かべ、

「どんな御役目ですの」

「殺しだ」

久恵は口をつぐんだ。無理もない。殺しと聞いてどう反応していいのかわからないのだろう。それでも、

「それは大変でございますね」

話の調子を合わせようと努めている。

源太郎も気負うことなく務めておる。

「そう願っております。それにしましても、難しい一件だが、落着へと導くであろう」

「……」

「まあ、それも巡り合わせというもの。定町廻りになって日も浅いのに殺しとは遅かれ早かれ、定町廻りをやっていれば担わねばならん」

源之助は言うと食事の支度を命じた。


源太郎は美津と居間で向かい合っていた。

「父上と共に殺しの探索を行っている」

途端に美津が興味津々《しんしん》の目を向けてくる。

「今、巷を騒がせている向島七福神殺しですよね」

源太郎は父と違い、御用に差し支えのない程度にその日の出来事を妻に話す。美津

が御用に興味を持っていることに加えて、武芸をたしなむ男勝《おとこまさ》りな性格であることもさりながら、源太郎自身も新妻相手に話をしたいという気があるからだ。

「厄介な事件だと思っていたが、怪しい男が浮上した」

「それはようございました」

「父上は落ち着いて対処なさるが、おれはやりそうになってしまう」

「お父上について学ばれるのは素晴らしいことだと思いますわ」

美津は笑顔を弾けさせる。

「改めて父の凄さがわかる」

源太郎は正直に父を賞賛できた。美津の前だと素の自分を出せるのだ。

美津も喜ばしげだ。

「定町廻りになって初の役目らしい役目が殺しというのは、我ながら運が悪いと思ったが、考えが変わった」

「そうですよ。世間を騒がせている殺しを落着に導く、しかも、親子で落着に導いたとなりますと、大きな評判を呼ぶことでしょう。兄も羨《うらや》ましがるでしょうね」

美津の兄矢作兵庫助《やはぎひょうごのすけ》は南町奉行所で定町廻りを務め、その型破りで強引な探索ぶりから暴れん坊として知られている。矢作にも自慢できるというものだ。

「手柄を立てようとはやることなく気持ちを引き締めねばな」

「とにかく、御無事で。お怪我をなさってはなんにもならないですから」

美津は尻を叩くばかりか気遣いも示してくれた。

「わかっているさ」

そう言いながらも源太郎はさほどの危機感を抱いてはいなかった。この時の源太郎は探索に対して微塵の不安もない。そんな夫に、

「ご油断なされませぬよう」

美津は釘を刺すことを忘れなかった。


明くる七日、事件が思いもかけない展開を示した。

備前屋三木助の亡骸が向島七福神の一つ、幸福、封禄、長寿を備える神、福禄寿を祀る向島花屋敷の門前で発見されたのだ。

向島七福神巡りは元々、この花屋敷に集《つど》う文化人たちに端を発する。花屋敷を開いた佐原鞠塢《さはらきくう》によって、佐原が所有する福禄寿像を活用した七福神巡りが始まったのである。

花屋敷は佐原の友人たちが贈った三百六十株の梅を元に、その後、四季折々の草花

が植えられ、今は当然ながら桜が見頃である。

三木助は前山や兵右衛門と同様、刃物で咽喉を抉られた。亡骸には桜の花が散らされ、あたかも三木助の死を惜しむかのようだが、血に染まった薄紅の花弁は美しさとは程遠い醜悪さを放っていた。

源太郎と京次は呆然と佇んでいた。

「三太郎の仕業でしょうか」

京次が聞いた。

「う〜ん、今、父上が三太郎の家に向かっているのだが」

源太郎が言うように、源之助は豊島町一丁目にある三太郎の家へと向かっていた。

源之助は奉行所に出仕するやいなや、緒方に呼び止められた。緒方はまさしく血相を変えている。その表情を見ただけで只事でないことが想像される。

「またも殺しです」

緒方は向島花屋敷で死体が発見されたことを語った。

「なんと」

源之助の脳裏には三太郎の顔が過《よぎ》る。三太郎の仕業か。

「殺されたのは何者ですか」

声が震えてしまう。

「商人風の男ということです。今のところはそれしかわかっておりません。源太郎が現場に向かっております」

緒方の声が遠くで聞こえるようだ。

「昨夕、あれから源太郎と三太郎を訪ねました」

源之助は三太郎を訪ねた時のことを報告した。緒方が、

「蔵間殿は三太郎が下手人だとは思わなかったのですな」

「わたしはそう判断しました。いや、正直、判断に苦しみました」

「しかし、またしても向島七福神を舞台に殺しが起きたとなりますと……」

緒方は明らかに疑わしげだ。

「直ちに三太郎の家にまいります」

源之助は軽く一礼した。緒方は戸惑いがちであったが、頼むというようにこくりと頭を下げた。

四半時（三十分）ほどで、源之助は豊島町一丁目の三太郎の家へとやって来た。途

中、言いようのない不安が胸に渦巻き、駆け足であったことと相まって心臓が破れそうだ。猛然たる危機感を抱きながら三太郎の家の腰高障子を叩く。

「蔵間だ」

呼びかけるが返事はない。

「おい」

つい、強い口調になったが梨《なし》のつぶてだ。源之助は無言で腰高障子を開けた。三太郎はいなかった。

出かけたのか。

大きな不安が咽喉元にまで湧き上がってくる。一旦外に出て長屋の女房連中に三太郎のことを聞いたが、今日は朝から姿を見ていないとのことだ。ついでに三太郎の評判を聞くと、実に気さくで愛想がよい男だという。何の稼業をしているのかわからないため、引っ越して来た当初は関わらないようにしていたが、人柄の良さで長屋に溶け込んでいったという。概《おおむ》ね、評判はいい男であった。

いつ引っ越して来たのだと問うと、今年の正月だという。

木場の貴船屋が店を畳んだのは二年前の卯月《うづき》、それから今年の正月まで三太郎は何処で何をしていたのか。

「この長屋に引っ越して来る以前のことは何か聞かなかったか」

　この問いかけに答えられる者はいなかった。

　三太郎は何処へ行った。

　一時《いっとき》ほど待ってみたが、居ても立ってもいられなくなった。

　こうなると、向島の花屋敷へと足を向けたくなる。源之助は長屋を出ようとしたが、ふと木戸番小屋に顔を向けた。そこの番太に、

「この長屋の三太郎を見かけなかったか」

「いいえ、今朝は見てません」

　番太は首を捻りながら、昨晩木戸を締めかけた時に、出て行ったことを話した。

「何処へ行くと申しておった」

　源之助の剣幕にたじろぎながら、

「湯屋へ行くから、戻って来たら、脇から中に入れてくれって」

　駄賃を渡されたという。しかし、それきり三太郎は戻って来なかった。

「今朝になっても帰って来ないのか」

「へえ」

　番太は自分が悪いことでもしたように首をすくめた。三太郎は自分が訪ねて来たこ

とに危機感を覚え、姿をくらましたということになる。

欺かれた。

三太郎の言葉を鵜呑《うの》みにした自分に腹が立つ。いや、信じきったわけではない。注意は怠らないように心した。しかしすぐに引っ張らなかったという生ぬるさが裏目に出た。こうしてはいられない。

二

向島花屋敷の門前にあった三木助の亡骸が備前屋の奉公人たちによって引き取られた。

「とにかく、聞き込みをしましょう」

焦燥の色を濃くする源太郎に京次が声をかけた。

「そうだな」

気を取り直したように言うと現場を立ち去ろうとした。と、その時、

「何をしておるのだ」

怒鳴り声と共にやって来たのは徒目付工藤助次郎である。

「工藤殿」

源太郎が唇を嚙んだところで、

「一体、何をしておるのだ」

工藤はもう一度繰り返した。

源太郎と京次が黙り込んでいると、工藤は何故、貴船屋五郎次郎の倅三太郎を捕縛しなかったのだと追及してきた。

「行方がわからんのか」

工藤はいきり立っている。

源太郎は言葉に詰まった。

父と同道したなどとは言えない。


昼近くなり、源之助も花屋敷の門前にやって来た。

そこで源太郎が武士と立ち話をしている。いや、立ち話というよりは一方的に源太郎が責めたてられている。

近づくにつれ、「三太郎」という名前が耳に入った。

「失礼」

源之助が声をかける。侍は振り返った。徒目付の工藤助次郎だった。

「これは工藤殿ですか」

源之助は軽く頭を下げた。

「貴殿か。北町きっての鬼同心と評判だったそうじゃな。ところで此度《こたび》の殺し、ご子息の失態でござるぞ」

工藤は責めたてるような目を源之助と源太郎に交互に向けた。

「拙者はご子息にはしかと申した。下手人は貴船屋の倅三太郎だと。我ら、そう目星をつけながら源太郎殿にいわば功を譲ったのだ。それを指を咥《くわ》えて見ておったとはどういうことでござる」

「それは……」

源太郎は言葉に詰まった。

「見つからなかったのでござるか。一日や二日では三太郎の所在を見つけること、いくら、町方であろうが、困難とは思う。しかしそれにしても、むざむざと備前屋殺しを見逃すとは。いいか、前山さまの入れ札騒動のあおりで、備前屋が三太郎に命を狙われたということは十分に考えられたわけではないか。備前屋のことは考えが及ばなかったのか」

工藤はこめかみに血管を浮き立たせ、口角泡《こうかく》を飛ばさんばかりの勢いだ。源太郎は耐え忍ぶように拳《こぶし》を握りしめていた。京次が堪まらずといった具合に一歩前に出た。

「備前屋さんはあっしらも訪ねました。ちゃんと三太郎のことも忠告申し上げました。備前屋さんは、三太郎さんに人を殺すような度胸はないし、自分は向島七福神などには行かないから大丈夫だと聞き流してしまわれました」

京次は備前屋を訪ねた経緯を語った。

「ふん、言い訳か」

工藤は吐き捨てた。

「言い訳と受け取られても仕方ございませんが……」

京次が尚も言葉を重ねようとしたが、

「ここは花屋敷、七福神への信心がなくとも花見にはうってつけだ。たまたま福禄寿が祀られてはおるがな。いずれにしても、この期《ご》に及んで言い訳無用。三太郎によって備前屋三木助は殺されたのだ。おまえたちの怠慢が三木助を殺したといっても言い過ぎではあるまい」

工藤の怒りは収まらない。

「まだ、三太郎が下手人と決まったわけじゃござんせんぜ」

京次が抗《あらが》う。

「なにを」

唐突《とうとつ》に、工藤は拳で京次の頬を殴りつけた。嫌な音がしたかと思うと、京次の唇から血が滴《したた》った。それを見て源太郎が色めき立ったが、京次が堪えるよう目で訴えかけた。源之助が代わりに工藤に対峙《たいじ》した。が、京次はそれでは言い争いにでもなりかねないと思ったのか、工藤に向かって詫びるように頭を下げた。

「わしと太田さまの見立てが間違っていると申すか」

「そうじゃござんせん。確かめる必要があるって言いたいんですよ」

京次は臆していない。

源之助が、

「実は、三太郎とはわたしが接触しておりました」

偶々《たまたま》、三太郎と柳橋の船宿で会ったことから今朝のことまでをかいつまんで語った。

工藤は怒りを加速させた。

「なんと、これは驚いた。すでに、三太郎の所在を摑みながら、みすみす逃したばかりか殺しを起こしてしまったということか」

工藤は両目を大きく見開き、源之助の所業を無能の極みと罵倒した。

「昨日、三太郎と対面しました。その際、もちろん、一連の殺しのことを質《ただ》しました。三太郎は絶対に自分は関与していないと申しました」

源之助は努めて冷静に返した。

「自分がやりましたと馬鹿正直に申すはずがなかろう」

工藤は吐き捨てる。

「しかし、その言葉に偽《いつわ》りがあろうとは思えませんでした」

「馬鹿な。何を根拠にそんなことを申す」

「勘でございます。八丁堀同心として永年に亘って色々な罪人と接してきたことで得た勘でございます」

「勘だと……、呆れて物が言えぬ」

工藤は失笑を漏らす。

「ですが、三太郎の仕業という証もございません」

「蔵間殿もわしや太田さまを疑うということか」

工藤は目をむいた。

「疑っておるわけではございません。ただ、こちらとしましては証もなく捕縛するわけにはまいりません」

「番屋に引っ張って取り調べたのか」

工藤は嵩《かさ》にかかってくる。

「しておりません」

源之助は首を横に振る。

「みすみす下手人を逃した上に、備前屋を見殺しにしたとは。まったくもって、情けないというか、職務怠慢というか、なんと申したらいいのであろうな、叱責すべき適当な言葉とて思い浮かばぬ」

工藤は情けないと首を横に振った。

「致し方なかったとは申しません。わたしの落ち度であります」

源之助は深々と頭を下げた。

「親の顔が見たいと申すが、まったく、親子で十手御用を担い、揃ってこうも無能とはな。かつての鬼同心と聞いたが、左遷されたとも耳にした。今は居眠り番と蔑《さげす》まれておる部署におるとか。まさしく、その言葉通りであるな」

工藤は言いたい放題だ。

源之助は黙ってその言葉を受け止めた。いくら、罵倒されようが一切《いっさい》の言い訳はできない。

「頼りないことだ。この上は北町の手助けは借りぬ。南町にご助勢を申し入れることとしよう」

工藤は踵《きびす》を返した。

源太郎の顔は蒼ざめている。目がどんよりと濁り、肩が小刻みに震え、

「工藤殿」

と、呼ばわった声は低くくぐもっていた。源之助が源太郎の羽織の袖を引いた。

「なんだ」

工藤はねめつけるようにして源太郎を見返す。

「わたしのことを罵倒されるのはかまいません。しかし、父を」

源太郎は拳を震わせた。

「無能な者を無能と呼んで何が悪い。無能同士、親子で庇《かば》い合うか」

工藤の哄笑《こうしょう》が霞空に吸い込まれていく。

「黙れ!」

源太郎は叫ぶやいなや拳で工藤の頬を殴りつけた。源之助が源太郎の前に回り込み、その暴走を止める。京次も必死になって止めた。

「呆れた男よな。自分の失態を棚に上げてわしに乱暴狼藉《らんぼうろうぜき》を働くとは」

工藤は頬を手でさすりながら物凄い目で睨んでくる。

源太郎は落ち着きを取り戻したようだ。唇を噛んで俯《うつむ》いている。

「蔵間殿、この不始末、ただではすまさぬ」

工藤は勝ち誇った。

「倅の不始末、この通りお詫び申す」

源之助は地面に両手をついた。

「貴殿に頭を下げられたところでどうにもなるものではない。よいか、このことしっかりと北町奉行所に質すからそのつもりでおれ、よいな」

工藤は言葉を強めると足早に立ち去って行った。

三

源之助は立ち上がると膝に付いた土を手で払い除けた。源太郎が深々と頭を下げた。

源之助は無言でそれを受け入れる。心が寒々とした。

「いくらなんでも、工藤さまのあのおっしゃりようはひでえ」

京次が悔しげに地団駄《じだんだ》踏んだ。

「まあ、いかにひどいことを言われようが、申し開きはできん」

源之助は苦笑を浮かべる。

「わたしは、父上が罵倒され、京次が殴られて頭に血が上ってしまいました。申し訳ございません」

「おまえのしたこと、許されるものではないが、元はわたしの犯した間違いに端《たん》を発する」

「三太郎が下手人とお考えなのですか」

京次が聞いた。

「それはわからん。わたしは下手人ではないと思った。しかしな、三太郎がいなくなったのは事実だ。見逃してしまったことの責めは負わねばなるまい」

源之助は認めるべき非は受け入れた。そんな父親に源太郎は、

「父上ばかりの責任ではございません。わたしも三太郎が下手人だとは思えなかったのです。ですから、父上ばかりが責めを負われることはございません」

「とにかく、三太郎の行方を追うしかござんせんね」

続いて京次が横から言葉を添えた。

「いかにも」

源之助は肯定したものの、自分でも弱気になっていることに気がついた。おいそれとは三太郎が捕まえられるとは思えないのだ。

「とにかく、聞き込みをしますよ」

京次が言った。

「わたしも行こうか」

堪らず源之助も申し出る。

「父上」

源太郎が思いつめたような声を出した。

「なんだ」

「ずっと気になっております。父上も気になっておられることでしょう。三太郎が下手人としまして、今回の殺し、何故、お雪や兵右衛門まで殺したのでしょう。前山さまや備前屋三木助を殺すというのはわかります。父親が深く信心していた向島七福神で殺したというのもわかります。ですが、お雪と兵右衛門を殺した訳がさっぱりわかりません」

源太郎の疑問には京次もまさしくその通りだと言い添えた。

「わたしも同感だ」

源之助もそのことは気になっていたのだ。

「工藤さまがおっしゃるには、お雪は前山さまが見初めたということでした」

「それで、三太郎はお雪のことも恨みに思ったということか」

源之助は考え考え言ったが、どうもしっくりこない。

「父上もおかしいとお考えですか」

「殺しを犯す、それはそれだけ危険が増すということだ。考えてみれば、三太郎が最も憎かったのは、恨んで当然という前山さまと備前屋三木助であろう。いくら、前山さまの寵愛《ちょうあい》を受けたからといって、お雪までも殺すだろうか。そこがわからん」

「それに、兵右衛門です」

「三太郎は兵右衛門とは親しかった。共に、道楽をしていた。あの日も兵右衛門が花見客を仇討騒ぎで脅かそうという遊びを一緒にやろうとしていたのだ。そんな相手を何故殺さねばならない」

「そうなんですよ。まったく、その点がわからねえ」

京次も頭を抱え込んでしまった。

「とにかくわからないことだらけだ。何度も申すが、十手御用を務めて以来、こんな奇妙な殺しは取り扱ったことがない」

源之助はつい愚痴《ぐち》めいた物言いをしてしまった。

「本当ですね。源太郎さまも運が悪いですよ」

京次が同情の言葉をかけると、

「御用に運がいいも悪いもない。直面した事件を着実に探索していくだけだ」

源太郎は強がることで自分を鼓舞《こぶ》しているようだ。

ふと京次が、

「工藤さま、このままじゃ引っ込まないんじゃございませんかね」

「そうだろう。いいさ、処罰されるのならそれを受ける」

源太郎はさすがに現実が蘇ってきたのか己が仕出かした暴発を悔いるように舌打ちした。

「さて、聞き込みを行うか」

源之助は粛々《しゅくしゅく》と聞き込みを始めた。源太郎と京次もそれぞれに散った。

源之助と源太郎は北町奉行所の同心詰所で緒方と対面した。緒方は苦しげな顔をしている。工藤が抗議をしてきたことを物語っていた。

「工藤殿ですか」

源太郎が訊いた。緒方はうなずくと、

「かなり厳しい抗議だった。工藤殿ばかりか、太田さまからも厳重なる抗議があった」

「申し訳ございません」

源太郎は頭を垂れた。

「ともかくだ。おまえにも言い分はあっただろうが、工藤殿に手を挙げたのはまずかったな」

「言い訳できません」

殊勝な源太郎を横に源之助とても口を閉ざしているわけにはいかなくなった。

「此度《こたび》のこと、元はと申せば、わたしが三太郎を逃したことによるもの」

「いえ、父が悪いのではございません」

源太郎は言った。

「そのことはもうよい。どちらにしても、今回の七福神殺しの探索、すなわち、三太郎捕縛は北町から南町へ担当が変わることになりそうだ」

緒方の言葉を源之助は受け入れるしかないが、源太郎も無念そうだ。しかし、そうなったのは自分の落ち度と考えているのか、抗《あらが》おうとはしなかった。加えて、源太郎にしてみれば、定町廻りとなって初めてのお役目でこのような失態を犯したことに深い挫折《ざせつ》を感じているようだ。

「それから、源太郎」

緒方はここで空咳を一つして一拍置いた。源太郎は覚悟を決めたようにぴんと背筋を伸ばした。

「出仕停止だ。期間は決まっておらん」

「定町廻りは御役御免ですか」

「そうは申しておらん。太田さまは厳しい処分を御奉行に求めてこられたが、御奉行としては、おまえのことを降格するお気持ちはない。ただ、しばしの間、大人しくしておれということだ」

緒方は源之助を見た。源之助はかたじけないと頭を下げた。

「ありがとうございます」

源太郎も両手をついた。

「今日はもう帰れ」

緒方に言われ、源太郎は大人しく詰所を出て行った。源之助が緒方に向いた。

「とんだしくじりをしてしまいました。わたしが、三太郎を見逃したことがいけなかったのです。本来ならわたしが処罰を受けなければならない」

「もちろん、蔵間殿にも責任を取ってもらいますぞ」

緒方は言った。

「むろんです。どんな処罰も受けましょう」

源之助が覚悟を決めたところで、

「この事件、落着に導いてくだされ」

「……とおっしゃいますと」

あまりにも意外な言葉である。

「こう申しては狡《ずる》いと思われるかもしれません。表立っての探索は行わないのです。ですが、北町の沽券《こけん》がかかっております。このままおめおめと引き下がるというわけにはまいりません」

「ですが、南町が三太郎の行方を追うことになっております。南町を出しぬいて先に三太郎を捕まえることは難しいかと」

「これは、蔵間殿のお言葉とも思えません。わたしはこの一連の殺しを落着に導いてくだされとお願いしておるのです。つまり、わたしは、蔵間殿の、下手人は三太郎ではないというお考えに賭《か》けようと思うのです。太田さまも工藤殿も、太田さまに依頼された南町も三太郎を追いかけるでしょう。ですが、あくまで蔵間殿には隠密裏に七福神殺しの探索に当たっていただきたいのです。それで、見事、下手人を挙げてくだされ」

言ってから緒方は自嘲気味な笑みを浮かべた。

俄然、源之助の胸にはやる気がふつふつと湧き上がってきた。

「勝手なわたしの頼み、お聞き届けくださいますか」

緒方が熱い視線を送ってくる。

「倅のためにも……。いや、わたしの八丁堀同心としての誇りをかけてお引き受けしましょう。と、言いながらも、わたしは、緒方殿に頼まれなくても、この一連の殺しから身を引く気など毛頭ございませんでした」

「それでこそ、蔵間源之助殿です」

緒方は破顔した。

「もし、蔵間殿が責任に問われるようなことがあったら、全てはわたしが被《かぶ》ります」

緒方は力強く言い添えた。

四

源太郎は奉行所を出てみると、猛烈な後悔と屈辱にまみれてしまった。

何故、自分を押さえることができなかったのか。怒りに任せて暴発してしまった。叫びたくなるような焦燥感に駆られたところで牧村新之助に声をかけられた。

「やらかしたらしいな」

新之助は気遣いなのだろう、ひどく陽気に声をかけてきた。

「ええ、まあ」

恥ずかしさと情けなさで言葉が濁ってしまう。

「一杯、行くか」

「いや、やめておきます」

「そんな塞《ふさ》いだ気持ちで家に帰ると、ろくなことはないぞ」

「ですが、出仕停止の身ですから」

「明日からだろう。今日のうちは精々《せいぜい》、羽根を伸ばすさ。それともなにか。恋女房の顔を早く見たいいか」

「そんなことは……」

源太郎がかぶりを振ったところで、

「ま、今日はいいだろう。明日から、ずうっとお美津殿と一緒にいられるのだから」

新之助は源太郎の返事を待たずすたすたと歩き出した。


二人は越中橋の袂にある縄暖簾に入った。小上がりで向かい合う。店の亭主も心得《こころえ》たものですぐに徳利二本と味噌豆《みそまめ》を持って来た。新之助が何か精のつくものをと、泥《ど》鰌《じょう》の丸煮を頼んだ。

「まあ、一杯」

新之助に酌をされしばらく無言で酒を酌み交わした。徳利の替わりを頼んだところで、

「とんだ失態を演じたものです」

源太郎は腹から絞り出すようにして、工藤とのやり取りを語った。

「まったく、わたしはなってませんね。未熟です。これで定町廻りだなんて」

「おい、おい、そのくらいにしておけ」

新之助は言う。源太郎が顔を上げると、

「すんだことは忘れろとは言わんが、そういつまでもくよくよしても仕方がないだろう。御用にしくじりは付き物だ。おれも偉そうなことは言えんが、先輩同心として言わせてもらうと、しくじりの数だけ成長があると思う」

「はあ」

源太郎は新之助の厚意が胸に染みた。勢いよく猪口の酒を飲み干す。

「わたしも父も工藤殿がおっしゃる三太郎下手人説というのがどうにも納得できなかったのです」

「その不満が胸に横たわっていたのだな」

新之助はそれから事件を反芻《はんすう》し始めた。源太郎が所々その補足をする。

「なるほど、お雪殺し、兵右衛門殺しと前山さま殺し、備前屋三木助殺しの間には繋がりを見出せんな」

新之助も首を捻った。

「そうなのです。それがどうも引っかかるのです。しかし、三太郎がいなくなったということは、何かしらこの殺しに関わっているということを考えさせます」

「とにかく、三太郎を捕まえることか」

新之助は口に猪口を当てた。

「工藤殿は南町と共に三太郎を追うことでしょう。遠からず捕まるものと思います」

「出仕停止の間は役目を忘れろ、と言ってもそんなことはできまいがな」

「何時《いつ》までなのかもわかりません」

「それは不安だろうが、案ずるには及ばん」

「わたしのことはいいのですが、父はどうでしょう。父の気性を思えば、このまま大人しく引っ込んでいるとは思えません」

源太郎の言葉を肯定するように新之助がにんまりとした。

「蔵間殿のことだ。きっと、何か動かれるだろう」

「工藤殿、いや、太田さまと対立することになるかもしれません」

「そうなるだろう。しかし、それで引くようでは蔵間源之助でない」

新之助は飲むぞと徳利の替わりを頼んだ。


源太郎は猪口を重ねたものの、さして酔いは感じなかった。組屋敷に戻る足取りもしっかりとしている。

家に着き、美津への挨拶も普段と変わらない声音《こわね》だった。そのため、居間に入ってから美津に出仕停止を告げた時には、心底驚かれた。

「どうしてでございますか」

無理もない。美津にすれば昨日、源太郎の口から大事件探索の意気込みやら、張り切りようを聞かされていただけに、それが突如として出仕停止などと青天《せいてん》の霹靂《へきれき》とはこのことだろう。

「とんだしくじりだ」

美津の視線が痛い。それが源太郎の気持ちを荒れたものにした。怒りと情けなさが奔流《ほんりゅう》のように湧き上がる。

「しくじりとはどういうことですか」

美津にすれば、当然のことながら夫が何故処罰されたのか気にかかるだろう。ところが源太郎にはそれが自分への批難と受け取められてしまう。

「なんでもいいだろう」

つい、言葉を荒らげてしまった。

「よくはありません」

美津は毅然《きぜん》と返す。美津は男勝りに武芸を嗜《たしな》むだけあって、気が強い。源太郎が声を大きくしても動ずることがなかった。酔っていないと思ったが、やはり酔いが回っている。悔しさと情けなさが酔いによって増幅され、全身を熱くした。

「うるさい。御用に口出しするな」

それは言ってはいけない言葉であった。はっとなったが、美津は落ち着いて受け止めてくれた。

「昨日までは機嫌よく語っておられたではございませんか」

「それは……」

「それが急に出仕停止だなんて……。旦那さまが懸命に御用に尽くしておられることはよくわかります。よくわかるだけに、心配なのです。いい加減なお方ではないからこそ、心配なのです。わたしは、女だてらに御用に口を出します。もっと慎まねばと思います。でも、出仕停止、夫の危機を妻たる者、黙っていられましょうか。何もできませんが、せめてどうして出仕停止などになったのか、妻として知る必要があると思います。おまえが知ってどうなるとお思いかもしれませんが、わたしも旦那さまの苦しみを分かち合いたいのです」

美津は話すうちに感情が昂《たかぶ》ったのだろう。両目に薄らと涙を滲ませた。

「そうだな」

源太郎はうなずく。酔いが急速に冷めていった。

「悪かった」

まずはそう詫びてから、出仕停止に至った経緯《いきさつ》をかいつまんで語った。美津は涙を拭い、背筋をぴんと伸ばして聞いていた。

「よくぞお話しくださいました」

「自分を押さえられなかった」

「旦那さまは間違ってはおられません。もちろん、工藤さまとおっしゃる方に手を挙げたことはよくないと思います。でも、それにしてからが、工藤さまのお父上さまや京次さんをなじる言動に対してのもの。暴力はいけませんが、怒ったのは正しかったと思います。それで、唯々諾々《いいだくだく》と工藤さまに従われるお方なら、わたしはその方を軽蔑《けいべつ》します」

いかにも美津らしい物言いである。

「後先考えずにやってしまったことは大いに反省せねばならんがな」

源太郎は美津とやり取りをしたことで心がわずかながら和《なご》んでいった。

「ならば、堂々と謹慎《きんしん》というのはいかがなものだろうな」

「堂々としていらしてください」

源太郎は声を上げて笑った。美津にも笑顔が戻った。

「謹慎ではなく、出仕停止ですよ。胸を張って休んでいらしてください」

「そうだな」

源太郎も気分が晴れてきた。

「今まで働きづめだったのですから、休暇が取れたと思えばいいのです。わたしも、料理の方をがんばりますから」

美津の気遣いがなんともうれしかった。

「旦那さま、一杯お飲みになりますか」

「実は牧村さんと飲んできた」

「それはわかりますが、一杯だけお飲みになりませんか。わたしも頂きたいのです」

美津はぺろっと唇を出した。

「わかった」

源太郎は快く応じた。

「ずうずうしい女房ですみません」

美津の弾けるような笑顔がうれしかった。

五

明くる八日の昼前、源之助は京次を訪ねた。

京次も源之助の来訪を予測していたのか、待ち構えていた。そのせいか、お峰の姿はない。

「七福神殺しの探索を行う」

　源之助は緒方から探索を依頼されたことを語った。

「そうこなくっちゃ」

京次は大張り切りである。

「で、三太郎を追いかけますか」

「いや、それはせん」

あっさりと源之助は否定した。

「おや、そらまたどうしてですか」

京次は疑問を投げかける。

「三太郎の行方は南町に追わせればいい。南町と競争することはない」

「すると、蔵間さまは三太郎が下手人じゃねえと睨んでいなさるんですね」

「賭けだがな」

「となりますと、一から調べ直しますか。すると、行く先は前山さまの御屋敷ということですね」

「いや」

これも否定され、京次は驚きの表情となった。

「お雪殺しと兵右衛門殺しを洗い直す」

源之助は言った。

「やはり、それが引っかかりますね。前山さま、備前屋三木助殺しは動機がはっきりしている。ところが、お雪殺しと兵右衛門殺しははっきりしませんね。お雪殺しの方は前山さまに見初められていたということを理由にすれば考えられなくはありませんがね」

京次はどうしますかと尋ねた。

「まずは、近場だ。兵右衛門の古着屋仲間から聞き込みを始めるぞ」

源之助は腰を上げた。

「合点《がってん》だ」

京次も勇んだ。

二人は四半時とかからず、柳原通りにやって来た。神田川に沿って伸びる柳原土手の下に両国方面に伸びる通り一帯には、菰掛けの古着屋が軒を連ねている。その一軒、一軒に聞き込みを行う。幸い、兵右衛門を知る古着屋は柳森稲荷の鳥居近くで店を開いていた。

その男、文六《ぶんろく》はとにかくまめな男で、しかも気さく、古着を買いに来た客を巧みに相手しながら聞き込みにも応じた。

「本当にいい人でしたよ」

文六は客が途切れたのを見計らって、二人に茶を淹れてくれた。店の裏手に三畳敷きの小上がりがあり、そこで休憩したり、昼餉《ひるげ》を食したりするそうだ。茶は出涸《でが》らしのひどいものだったが、文六という男が持つ明るさがそれを補って余りあるものがあった。

「兵右衛門さん、その名の通り、剽軽なお方でしてね」

「古着屋を開いて長いのか」

源之助が尋ねた。

「いえ、そんなに長くはござんせんや。そうですね」

文六は空で指を折りながら二年くらいだと答えた。

「その前には何をやっていたんだ」

「古着の行商だって言ってましたね」

「行商をやっていて銭を貯めて、ここで店を構えたってことだね」

京次が確認すると文六は首を横に振った。

「それが、気の毒な話でしてね、おかみさんとお子さんを亡くしてしまわれたんだそうですよ。それが二年前のことで」

「流行病《はやりやまい》か」

京次は源之助を見ながら尋ねた。

「いいえ」

文六の顔が曇った。

いかにも何かわけありのようだ。

「どうしたんだ。なに、こっちは御用の筋なんだ。決して他言しねえぜ」

京次は十手を示して見せた。文六は用心深そうに周囲を見回してから、

「お侍さまに斬られたのです」

「なんだって……。無礼討ちって奴かい」

「そうです」

文六が言うには、さるお旗本の駕籠《かご》の前に兵右衛門の娘が飛び出した。あわてて女房が追いかけたが遅かった。

「可愛そうに、御駕籠の前を横切ったというので……」

陽気な文六の顔が暗く沈む。

「そりゃ、ひでえや。そのお旗本はどなたさまだい」

「そこまでは聞いていません」

文六はかぶりを振る。

「ここだけの話だ」

京次が喰い下がったが、その旗本の名前を文六は本当に知らないようだった。

「そんなことがあったとはな」

「兵右衛門さん、そんなむごい目に遭って、もう、首を括ろうと思ったそうですよ。古着の行商なんかやめてね。ところが、そんなある日、この世の名残《なごり》にと全ての持ち金で富くじを買ったんだそうです」

兵右衛門は湯島天神で行われた富くじを買った。

「持ち金は二十両余りだったそうですが」

「富くじに当たったのかい」

京次が訊く。

「三番富だったそうですが、それでも百両だったそうです」

百両といっても大金だ。

「じゃあ、その百両でここに店を持ったわけなんだね」

「そうなんです。兵右衛門さん、死んだ女房と娘が恵んでくれた百両だと思って、生きていこうと思い直したってことでした」

文六はしんみりとなった。

「そう考えるのも無理ねえや」

京次は賛同を求めるように源之助を見た。源之助は違和感を抱いている。兵右衛門はこの正月、二番富五百両が当たったという話を、先日三太郎から聞いたばかりだった。人生で二度も富くじに当たったのか。

なんという幸運であろう。

果たして、そんなことがあるのだろうか。絶対にないとは言いきれない。しかし、あまりにも運が良すぎるのではないか。

源之助が口を閉ざしているものだから京次が訝《いぶか》しげな表情となった。源之助は文六に向き直る。

「兵右衛門、最近、二番富、五百両が当たったということはないか」

「ええっ五百両」

文六は驚きの表情となった。まさしく寝耳に水の様子である。

「そうだ。だから、店を閉めたのではないのか」

「確かに五百両が手に入れば店なんか畳めばいいんでしょうけど、富くじに当たったというのはどうなんでしょうね。ちょっと、気晴らしをしたいから休むって、あたしには言っていましたけど。また、気分が晴れたら戻ってくるってことでしたけどね」

文六はてっきり、地道に稼いで貯めた蓄えに加えて富くじで当たった百両の残りもあるから、兵右衛門がしばらくは店を休んでも平気なのだろうと思っていたようだ。

するると、三太郎に語っていたのは嘘なのか。

「兵右衛門は侍の格好をして遊ぶことはあったか」

「そりゃ、お武家用の古着も扱ってましたからね、お侍の形《なり》をしようと思えばできたのでしょうけど」

文六は不思議そうな顔をした。

「では、侍のことを何か言っていたか」

「そりゃもう、おかみさんとお子さんのことがありますからね、侍は大嫌いだと。でも、そういえば」

文六は何かを思い出したようだ。

「つい、先日のことでした。夜遅くまで兵右衛門さんの店の灯りがついているんで覗いてみたんです」

すると、侍の格好をした兵右衛門がいたのだという。

「あたしゃ驚いて何でそんな格好をしているんだって聞いたんですよ。そうしましたら、兵右衛門さん、侍の気持ちになってみたかったなんておっしゃってましたがね」

「で、どうだと申しておった」

「侍というのは気持ちがいいものだっておっしゃってましたね」

文六は言った。

「ところで、木場の材木問屋貴船屋の倅、三太郎がよく訪ねて来たであろう」

「そうでした」

文六は三太郎が三日にあげず、兵右衛門の古着屋に通っていたことを語った。

「どうしてそんなに親しかったのだろうな」

「さて、そこまではわかりません。あの、兵右衛門さん、どうして殺されたんでしょうか。あんないい人、人から恨まれるとは思えません」

文六はこの世に神も仏もいないと嘆いた。

「きっと、下手人を挙げてくださいね」

「ところで、もし、三太郎が兵右衛門殺しの下手人としたら、おまえ信じるか」

「ええっ」

兵右衛門は首を捻った。

「人の心はわかりませんけど、それは、ちょっと考えられませんね」

文六は言った。

「すまなかったな」

源之助が言うと京次も腰を上げた。二人は古着屋を出た。

「富くじと旗本、気にかかりますね」

「まったくだ」

源之助も同感である。

第四章　深まる謎

一

「さて、一歩、一歩、事実を確かめていくか」

源之助は気を強く持った。

「ということは」

「富くじのことだ。兵右衛門が二度も富くじに当たったというのが、どうにも気にかかる」

「あっしもそれはねえだろうって思っていましたよ」

京次も手を叩く。

「おそらくは、最初の富くじは本当に当たったんだろう。だが、今年湯島天神で当たったという二番富の五百両。これは疑わしい」

「おっしゃる通りですね」

ということで二人は湯島天神に行くことにした。


昼九つ半（午後一時）を回り、湯島天神の境内は多くの参詣客で埋まっていた。湯島天神といえば梅が名物だが、梅の時節を過ぎても参詣客は引きも切らない。二人は真っ直ぐに社務所に向かう。お札を売る巫女《みこ》に京次が、

「今年、ここで行われた富くじについて教えて欲しいんですけどね」

と、十手をそっと出した。

巫女は戸惑いの顔で奥へと引っ込んだ。巫女に代わって神主が出て来て、

「何か御用で」

京次はもう一度十手を見せた。

「何をお話しすればよろしいのですか」

神主は上目使いとなり、慎重な物言いである。

富くじは公正を期するため、寺社奉行立ち合いの上で行われる。大きな木の箱に番号を記した札を入れ、それを目隠しした男が大きな錐《きり》で突く。突かれた札の番号が当

選となる。時には公正を期する余り、盲人に目隠しをさせて突かせたという。

「先日行われた富くじに当たった者を知りたいのです」

源之助が訊く。

「知って何とするのですか」

「御用の筋です」

「そうおっしゃられても軽々とはお答えできませぬ。どうしてもお知りになりたければ、寺社御奉行さまにお訊きになられよ」

神主はにべもない。

源之助はいかつい顔を際立たせた。

「これは、殺しの探索絡みなのです」

「殺し……」

神主の表情が変わった。

「向島七福神での殺しをご存じでしょう」

神主はうなずく。

「下手人、まだ捕まっておりません。今は向島七福神を舞台にしております。それゆえ、向島七福神は大変な騒ぎとなっており、桜の時節というのに、参詣客の減りようは目を覆いたくなるとか。ここで、妙な噂があります。次は湯島天神、谷中感應寺《やなかかんおうじ》、目黒滝泉寺《りゅうせんじ》といった富くじが行われる神社が舞台となるというのです。どうせ、口さがない連中が好き勝手申しておるのでしょうが、殺しが起きてからでは遅いですからな。念には念とこうしてやって来た次第です」

源之助は心ならずもそう偽った。

「まさか」

否定的な言葉を口に出しているが、神主の表情は明らかに不安そうだ。

もう一押ししよう。

「殺しが起きては、富くじが行われなくなるかもしれませんぞ」

「富くじと下手人が関わるのですか。まさか、富くじに当たった者が襲われると」

これには源之助はこくりとうなずくに留めた。

「わ、わかりました」

神主は慌てて奥に引っ込んだ。横で京次が笑いを噛み殺している。富くじに当たった者は、富札を提出し、自分の住まいと名前を届けることになっている。

神主はおっとり刀で帳面を持って来た。

「ええっと、今年の正月に行われた富くじに当たった者は……」

神主は帳面を広げた。

源之助はそれを受け取り、二番くじに当たった者を見る。

兵右衛門ではない。女であった。念のため一番富千両、三番富百両、四番富五十両、五番富三十両に当たった者も確かめたが、兵右衛門の名前はない。さらには、昨年の分も遡《さかのぼ》った。

京次が言った。

「ありませんね」

「そうだな」

源之助はぱたりと帳面を閉じた。

「ありがとうございます」

神主に返した。神主は心配げな顔を向けてくる。

「下手人捕縛に役立ちましょうか」

「天神さまの御利益《ごりやく》で必ず捕まります」

源之助は言うと拝殿に向かって歩いて行った。京次もついて来る。二人は拝殿に向かって柏手《かしわで》を打った。神主を欺いたことを内心で詫びる。

「これも、下手人を捕まえるためです」

歩いているのを京次が呼び止めた。

「これは親分さん」

伝兵衛は腰を折った。京次が源之助を紹介した。

「今日は、お雪のことでしょうか」

「そうなんだ。申し訳ないことに、まだ下手人が捕まっていないんでな」

「向島七福神で殺しが立て続けに起きておるようですが、お雪もそれに関係しているのでしょうか」

伝兵衛はおずおずと聞いてきた。

「それがよくわかないんだ。だから、何か手がかりはねえかって聞き込みをしているってわけでな、今日もちょいと聞きたいんだが」

京次は前山玄蕃丞からお雪は見初められたのではないかと尋ねた。伝兵衛の表情が変わった。何やら、慌てた様子である。

「そうなんだな」

京次が詰め寄る。

「確かに、そんな話はございました。前山さまのお屋敷で女中奉公しないかというものでした。しかし、お雪が嫌がりましたので、その話はお断りしたのでございます」

「本当だな」

京次は声を大きくした。伝兵衛は間違いないと強く言い返した。

「あんたの言う通りだとするとお雪が殺された理由がわからないんだ。どうしてかというと、お雪はわざわざ向島の長命寺で殺された。この説明がつかねえんだよ」

京次はいつの間にか懇願口調になった。伝兵衛も見当がつかないらしくしばらく沈黙を続けたが、やがて堰《せき》を切ったように話し出した。

「そりゃ、あたしが一番困惑しているんですよ。だって、そうでしょう。評判の娘で、本人も毎日生き生きと仕事をしていて、それがあたら若い命を散らせてしまった。まだ、十八ですよ。なんで、殺されなきゃいけないんですか」

伝兵衛は悲しみに襲われたようだ。

「だからこそ、下手人を捕まえなきゃいけないんじゃないかい。蔵間さまが必ず捕まえてくださるぜ」

京次は励ますように言った。

伝兵衛は返事をせず、指で目頭《めがしら》を押さえた。

二

それから、二日が経った十日の昼下がり。

源之助と京次は両国から向島にかけてもう一度聞き込みに当たたろうと両国橋の袂に至った。

「まだ、南町も三太郎の行方を追いきれていませんね」

京次は言った。

三太郎は忽然《こつぜん》と消えたままだ。湯屋に行くと出て行ったきりである。両国西広小路の賑わいは相変わらずで、過ぎ行く春を惜しむかのように大勢の男女が行きかっている。そんな中、瓦版が盛大にまかれた。

「一枚、くんねえ」

京次が辻で瓦版を売っている読売《よみうり》に求めた。瓦版を受け取るや、

「なんでえ、これ」

京次が尖《とが》った声を発した。源之助が覗こうとすると京次は遠慮がちにおずおずと差し出した。そこには、北町の同心親子、大失態という見出しが躍《おど》っている。

向島七福神殺しについて記され、下手人と思われる男を北町の同心親子が見逃してしまったと記してある。名前こそ記していないが、源之助親子を示していることは明らかだ。

「ひでえこと書きやがる」

京次は読売に摑みかかろうとしたが、

「やめておけ」

源之助に袖を引っ張られた。

「こりゃ、ひでえですよ」

京次の顔が歪んだ。

「今は何を申しても藪蛇《やぶへび》になるだけだ」

源之助は言った。

「それにしたって、こんなことってありますか」

京次は自分のことのように悔しがった。源之助とてもこめかみがぴくぴくと動いている。悔しさを嚙み締め、これを打開するには下手人を挙げるしかないと己を鼓舞した。

結局、今日も成果なく日本橋長谷川町まで帰って来た。そこでふと履物問屋杵屋へと足を向けることにした。善右衛門と話をしたくなった。他愛もない世間話をするだけで、心和《なご》むものだ。

善右衛門とは店の裏手にある母屋の居間で会った。

「相変わらず、ご壮健そうですね」

善右衛門は染み透るような笑顔を向けてくれた。

「善右衛門殿こそ、いつまでもお元気ではないですか」

「そうでもございません、わたしも寄る年波です。ろくに働きもしないのに疲れてばかりです」

善右衛門は沓脱石《くつぬぎいし》に揃えられた雪駄《せった》に目をやった。それは源之助のもので、薄い鉛の板を仕込んである。源之助が善右衛門に頼んで特別にあつらえてもらった雪駄である。捕物や下手人と立ち回りになった時に少しでも武器を持った方がいいという源之助なりの工夫だ。筆頭同心として下手人捕縛の陣頭指揮に当たっていた頃ならいざ知らず、居眠り番となってからは無用の長物《ちょうぶつ》なのだが、源之助は履き続けている。この雪駄を履かなくなった時は同心を辞める時だとすら思っていた。

「やはり、お元気ではないですか」

善右衛門は雪駄を見ながら改めて言った。

「意地で履いているようなものです」

「そんなことをおっしゃりながらも履き続けられるのは、蔵間さまはわたしなどとは足腰の鍛錬が違うからですな」

「ところが、今日なども一日歩き回ってすっかりくたくたになってしまいました。あの雪駄に鍛えられているような気になります」

源之助は苦笑いを浮かべた。

「わたしなんぞは、今も申しましたが、隠居同然な暮らしをしております」

「善太郎がしっかりしておりますからな」

「源太郎さまこそ、定町廻りになられて」

つい、源之助の言葉が止まってしまった。

「いかがなさいました」

善右衛門は訝しんだ。

「実はわたしのせいで、しくじりをしましてな。今、出仕停止中なのです」

「それはそれは」

善右衛門は余計なことを申してすみませんと頭を下げた。源之助は言葉を濁してから訊いた。

「ところで、柳橋の船宿のお累ですが」

するとと善右衛門はきょとんとしている。

「お累さん……」

「善右衛門殿の紹介だということでわたしを訪ねて来ましたが」

善右衛門はしばらく考えていたが、

「ああ、そうでした」

と自分の額をぴしゃりと手で打った。

「そうでした。お累さんでした」

「そんなに懇意ではないのですか」

「ええ、特別懇意にはしていません。あれはいつだったか。店に履物を求めていらっしゃいまして、履物を買われてから、わたしに北町の同心さまを紹介してくださいとお願いされたのです」

「ほう……」

お累が言っていたことと微妙な差を感じてしまう。お累の話では、むしろ、善右衛門に勧められてということだった。お累が謎の侍に畏れをなし、困っていて、懇意にしている善右衛門に相談したところ、源之助を紹介されたというのだった。

これはどういうことだろう。

疑問がじわじわと胸に覆いかぶさってくる。

「お累、どうしてわたしを紹介して欲しいと言っていましたか」

「ええっと」

善右衛門は記憶の糸を手繰《たぐ》るように視線を宙に向けた。

「そうだ、船宿をやっているが、どうも性質《たち》の悪い男たちがやって来るので、どなたか町奉行所のお役人さまを紹介してくれないかと。まあ、わたしが町役人《ちょうやくにん》ということで訪ねて来たようなんですがね」

善右衛門は別段疑う素振りもなかった。

性質の悪い男たち。

それは侍に扮した兵右衛門や三太郎のことを指しているようにも思えるが、なんとなく違和感を抱いてしまう。

「いかがされましたか。何か、悪いことでも」

善右衛門は自分が悪いことをしたのではないかと恐縮している。

「いえ、大したことではござらん」

「まことですか。なにか、お累さんがご面倒をおかけしたのでは」

「そのようなことはござらん。善右衛門殿は気になさることはない」

源之助が安心させるようにして笑顔を返した。そこへ、

「おとっつあん、大変だよ」

と、大きな声がした。善右衛門の顔に苦笑が広がる。息子の善太郎だ。善太郎は瓦版を手に駆け込んで来た。源之助に気付くとはっとして立ち止まったが、すぐにぺこりと頭を下げた。

「瓦版か」

源之助は静かに問いかける。善太郎はばつが悪そうに瓦版を隠した。

「よい、気にするな」

「どうしたんだい」

善右衛門が善太郎に聞く。源之助が善太郎から瓦版を受け取り、善右衛門に見せた。一瞬にして善右衛門の顔色が変わり、一通り目を通した頃には肩を怒らせ荒い息を吐いて瓦版をくしゃくしゃにして放り捨てた。それから顔を歪ませ、

「まったく口さがない者たちが勝手に書き立てるものです」

善右衛門は自分のことが書かれたように憤りを見せた。善太郎も、

「わたしも許せません」

「まあ、しかし、我ら親子、このように失態を演じたことは事実。書きたい奴には書かせておけばいいさ」

源之助は努《つと》めて平静を装《よそお》っているが内心では動揺すること甚《はなはだ》しい。

「そうはおっしゃりますが」

善太郎は不用意に自分が瓦版を持って来たがために、不穏な空気が流れてしまったことを悔いているのか唇を噛んだままじっとうなだれている。

「善太郎、気にするな」

「わたしだって、悔しいです」

善太郎は絞り出すように言葉を発すると顔を上げた。

「そうは申しても、元はといえば、わたしがこのような失態をしてしまったからだ。今はこの失態を挽回しようと必死で下手人探索に当たっているところだ」

「わたしもお役に立ちたいです」

善太郎は申し出た。

「おまえは、自分の商いを懸命にすることだ」

「でも」

善太郎は自分を責め立てている。善右衛門が、

「これは蔵間さまがご自分で乗り越えられることだ、おまえやわたしが生意気に口を差し挟むことではないんだ」

言葉とは裏腹に善右衛門も頬を上気させ、憤りを隠せないでいる。

「善太郎、気持ちだけしっかと受け止めておくぞ」

源之助は頭を下げた。

「そんな……。どうぞ、お顔を上げなさって」

善太郎は両手をついた。

三

源之助ま
やは……のか。
てい……を潰し
そう……親子

「いや、おまえが休んでいる間、この船宿を営んでいた女、その女もお累と名乗っておったのだがな」

「それはきっとあれじゃないですか、あたしに対する気遣いでしょう。わざわざ同じ名前で営んでくれたんですよ」

「そうかもな」

　曖昧に源之助は調子を合わせる。

「ところで、兵右衛門という男だが、よくここを使ったのか」

「たまにですけど、とても親切なお客さまですよ。いえ、でしたよ。お亡くなりになられたとか。しかも殺されなすったんですってね。本当にお気の毒ですわ」

「三太郎という男を知らんか」

「三太郎さん……」

「兵右衛門と一緒に来ていたのではないか」

「ああ、あのお若いお客さまですね」

「覚えておるか」

「覚えていますけど、特には……。いつも、兵右衛門さんと楽しげに語らい、向島まで舟で行かれていましたけど……。そういえば、このところお顔を見ませんね。兵右衛門さんが亡くなられたので足が遠退いておられるのでしょうか」

それ以上は心当たりがないとのことだった。

源之助はすまなかったと言い残して船宿を出ようとした。

「何か、よくないことでもあるのでしょうか」

「いや、そういうわけではない。ちょっとだけ気になることがあっただけだからな」

源之助は船頭たちにも話を聞いたが収穫はなかった。

まるで狐に摘まれたような心持ちである。とにかく言えることは、兵右衛門と三太郎、偽のお累は仲間であったということだ。その中から兵右衛門が殺された。お累と三太郎は何処にいるのだろうか。

そして、お雪。

お雪殺しはどう繋がってくるのだ。

探索を行えば行うほど、霧が晴れるどころか謎が深まっていく。なんとも不可思議な事件としか言いようがない。

「おのれ」

苦境に陥れば陥るほど、猛然たる闘争心に駆られるのが源之助である。絶対に真相を明らかにする。この事件、複雑に糸が絡み合っている。その底の深さは見当もつかない。とにかく、事件に畏れをなしてはいけない。一歩一歩着実に近づくべきだ。しかし、歩めば歩むほど真相が遠ざかっていくような気がする。

いかん、弱気になっては。

源之助は己を鼓舞すべく、頬を拳で叩いた。

その頃、源太郎の家を牧村新之助が訪ねていた。

「源太郎、大人しくしてるか」

新之助は陽気に声をかける。居間で端座をしていた源太郎は苦虫《にがむし》を嚙んだような顔をしている。横で美津が畏まっていた。

「見たのか」

新之助は言った。

源太郎は押し黙ったままだ。美津が、

「瓦版などと申すものは、売れればいいとしか考えていないのですから、一々それに一喜一憂していても仕方ありませんと申したのですよ」

源太郎は唇を尖らせ、むっつりとしたままである。

「源太郎、美津殿の申される通りだぞ」

新之助は言う。源太郎が口を開いた。

「それはわかります。ですが、元はといえばわたしのしくじり。このように書かれても仕方ないと思います。しかし、この記事、瓦版屋にネタを提供した者が気になるのです」

源太郎は眉間に皺を刻んだ。

「というと」

新之助が問い直したところで、美津はお茶を淹れ替えますと断って居間から出て行った。

「徒目付工藤助次郎殿」

源太郎はそう一言呟いた。

「やはりそう疑うか」

「工藤殿、よほどわたしと父上のことを恨んでおいでのようです。我ら親子を恥辱にまみれさせたいのでしょう」

「お前も嫌われたもんだな」

新之助はわざと陽気に返した。

「わたしのことはいいのです。しかし、父上は凄腕の同心です。その父のことをこんなにも悪しざまに書かれるとは到底我慢できるものではありません」

「それはわたしだって同様だ。しかしな、蔵間殿はきっと、このことを活力にされるぞ。蔵間殿とはそういうお方だ」

源太郎もそのことは理解できる。源之助ならば、腹を立ててもそのことを御用に向ける。そして、工藤を見返すだろう。

「だから、気にするなとは申さぬ。大いに怒っておれ。今は怒ることだ。決して、暴発してはならんが、かといって、世間との関わりを閉ざすことがあってはならない。よいか」

新之助は諭《さと》すような言い方をした。源太郎が神妙な顔をしていると、

「なんてな。おれだって、偉そうに言えたものではないさ。おまえの時分には何をしていたか。ただ、先輩同心や蔵間殿の後について走り回っていただけのような気がする。蔵間殿は説教めいたことはおっしゃらなかった。しかし、あの方の背中を見ているとな、自然と同心というものはどうあらねばならないというようなことを学ぶことができたような気がするのだ」

源太郎はなんとなくわかるような気になってきた。

「うまくは言えんが、今は、焦るなとはいわん、大いに焦るのだ。悔しがるのだ。恥

辱を感じるのだ。だがな、決して暴走してはならん。そうなっては負けだ。堪えに堪える、今はそうした時期だと思うぞ」

「はい」

源太郎は大きくうなずいた。

「よし、で、美津殿はどうしておる。おまえのことを慰めておったが」

「とんでもない。牧村さまの前だからですよ。牧村さまがいらっしゃる前には両目を吊り上げて激怒していたんですから」

「そうか」

新之助は言ってから腹を抱えて笑い、美津殿らしいと言い添えた。

四

源之助はもう一回りだと己を鼓舞する。

両国橋を渡り、向島へと足を向けた。墨堤はまだまだ、人通りがある。川風は冷たく厳しい。花見の時節は過ぎているが、花冷えを感じてしまった。それでもそんなことはものともせず、目指すは向島七福神。

考えてみれば、一連の殺しが終わったとは決まっていない。前山玄蕃丞、お雪、兵右衛門、そして備前屋三木助で殺しは完了とは決めつけられないのだ。

これまでに、三囲稲荷、長命寺、弘福寺、花屋敷で殺しが行われてきた。いや、殺した場所は別でも亡骸が見つかったのはそれら七福神縁《ゆかり》の場所というのが正しい。他に七福神が祀られているのは寿老人を祀る白鬚神社と毘沙門天を祀る多聞寺である。あと二人が殺されるのかどうかはわからないが、大きな危惧の念が湧き起こってくる。どちらかで殺しが起きたとしても不思議はない。ひょっとして、三太郎、お累という二人が犠牲となるのかもしれない。

あの二人が白鬚神社と多聞寺で殺される。

想像するだけでも恐ろしいことだ。しかし、単に想像の産物だと馬鹿にはできない。

そう思うと、自然と歩みが速まった。

白鬚神社に至った。

既に日が落ち、その名残で薄らとした闇が広がっているものの、人気《ひとけ》はない。このところ起きている殺しが人々を遠ざけているのだ。

いくつかの御用提灯《ごようぢょうちん》が揺れている。突棒《つくぼう》、袖絡《そでがらみ》、刺股《さすまた》を手にした物々しい様子は南町奉行所の中間《ちゅうげん》、小者たちと見受けられる。彼らは三太郎が殺しを起こすだろうと予想して警戒をしているのだろう。

その提灯を向けられ、

「失礼ですが」

中間が源之助の素性を確かめてきた。

源之助が名乗ろうとしたところで、

「よう、親父殿」

という大きな声がかかった。中間、小者たちがさっと脇に退いた。

南町奉行所定町廻り同心矢作兵庫助、すなわち、美津の兄だ。南町きっての暴れん坊として知られている。

「物々しい警戒だな」

源之助が声をかけると矢作は肩をすくめた。

「三太郎を追っているのか」

「まあな。三太郎、必ず殺しを続けるという見込みだ。殺しをするとすれば向島七福神の残る白鬚神社と多聞寺だろうということでおれは白鬚神社を受け持ったんだ。ところで、親父殿」

矢作はここで含み笑いを漏らした。

「どうした」

「評判だぞ。すっかり有名人だ」

「瓦版か。読んだのか。あそこにはわたしら親子の名前までは出ていなかったが」

「名前は出ていなくても、八丁堀同心仲間ならわかるさ。ましてや、親父殿は有名な同心だからな」

矢作はからかうかのように大笑いをした。中間、小者たちは立ち止まってこちらを見ている。矢作はうるさそうに手を振り、巡回するよう命じた。

「しくじってしまった」

「親父殿のことだから、あれだろう。自分の手で三太郎を捕まえてやろうと思ってやって来たのではないか」

「少し違うな」

源之助はかぶりを振った。

「なんだ、少し違うって」

矢作は即座に源之助の思惑にくらいついてきた。次いで、

「源太郎はどうしている」

根は優しいこの男は義弟を気遣うことも忘れなかった。

「出仕停止だ」

「それはまた……。あいつのことだから、さぞや責任を感じて苦悶しているだろうな」

「美津殿がついているから心配あるまい」

「確かに、こういう時には便利な女だ。きっと源太郎を励ましてやってるだろう」

「おまえの妹だからな」

源之助はくすりと笑った。矢作も笑い声を放った。

「ところで此度の殺しだが、おれは上からひたすら三太郎という男を捕まえろという命令を受けただけで、詳しいことは知らずにいるのだ」

「そうだろうな。が、事件の様子は知っておろう」

「確かに、概要はわかる。親父殿はひょっとして、三太郎が下手人だとは思っていないのか」

矢作は声を落とした。

「そうだ」

矢作相手に隠し立てをすることはない。この際だ。

「というと」

矢作も興味津々となった。

「これまでの殺しなのだが」

そう前置きをして、前山殺しと備前屋三木助殺しを三太郎が下手人であるとするには納得できる動機があるが、お雪殺しと兵右衛門殺しに動機は繋がらない。さらには、柳橋の船宿でのこと、お累という女、兵右衛門と三太郎が絡んだ奇妙な出来事を語った。

「なるほど、そいつは妙だ。三太郎が親父の復讐を遂げようとしているというのはいかにも不自然な気がするな」

矢作は顎《あご》を掻いた。

「わたしは、この事件には表面に出てこない真相が、奥底に横たわっていると思われて仕方がない」

「それで、孤軍奮闘しているというわけか。いかにも親父殿らしいな」

「あたり前のことをしているだけだ」

「おれも、親父殿を手助けしてやりたいが」

「余計なことは考えるな。それに、三太郎の行方も気になるところだ。おまえは、三太郎を捕まえればいい」

「そうだがな」

「捕まえてしっかり取り調べよ」

「それがな、三太郎は捕縛次第、目付太田さまが吟味に当たられることになっているのだ」

いかにも矢作は不満そうだ。

「それで、力が入らんということか」

「まあな」

否定しないところが矢作らしい。これくらい正直な男には好感を抱けるが、反面その気分屋ぶりを危ぶみもする。

「で、今のところ、三太郎の行方は摑めたのか」

「まだだ」

矢作は首を捻った。

「どうした、浮かない顔をしおって」

「それがな、手がかりがまるでないんだ」

「そりゃ、それくらい、何処かに紛れてしまっているのだろう」

「そうとも考えられるが、どうもそれだけではないような気がするのだ」

矢作は言った。

「どういうことだ」

「それがな、これだけの大がかりな追跡をしているのだ。それこそ、各町には人相書きを手配し、湯屋や番屋には残らず目を光らせ、町役人たちにも最近になって、新しく入った店子《たなこ》はいないのかと確かめたりもした。ところが、怪しげな者がまったく出てこない。普通、なんかかんか、手がかりが上がってくるものだ。それがまったくない」

矢作にしては珍しく弱気な言葉だけに、探索の行き詰まりを感じさせる。

「雲を摑むようだぜ」

矢作は石ころを蹴飛ばした。

「探し方が足りないとは思わぬな。これはきっと、何かある」

源之助は言った。

「どういうことだ。親父殿のお知恵を拝借しようではないか」

矢作は腕組みをした。

「匿《かくま》われているのだ」

「何処に」

「それを探るのはおまえの仕事じゃないか、と言ってしまっては身も蓋《ふた》もないが、町方が探索してもそれが及ばない地域」

「となると、武家屋敷や寺社ということになるが」

矢作はうなずいた。

「しかし、そうなると、町方では探索の手を伸ばすことはできん」

源之助の言葉に、

「そういうことになるな」

矢作は悔しげに唇を嚙んだ。

「実はな、三太郎捕縛について、おれが責任者とされているんだ。なんとしてでも探し出せって上は言うが、まったく貧乏くじを引いたもんだぜ」

矢作は苦笑を漏らした。

「まあ、そう言うな。これで捕縛すれば、大いに名を挙げられるぞ」

「そんなものはいらん。そんなことより、どうにもやる気が起きないのは、手がかりがないからだ。町方の差配が及ぶ地域から、武家屋敷、寺社にも網の目を広げることなどできやしない。それに、三太郎を匿う寺社や武家屋敷があるという考え方さえも受け入れられそうもない」

矢作の言う通りだ。いくら、三太郎の行方が町人地では摑めないからといって、武家屋敷や寺社を調べるなど許されるはずもない。

「ま、地道にやってみるさ。夜はこのように向島七福神を中心とした一帯を巡回する。能がないと馬鹿にされるかもしれんがな」

「馬鹿にはせんさ。わたしだって、手詰まりを感じ、ここまでやって来たのだからな」

源之助は励ますように言った。

「腐らずにやるよ」

矢作が言った時、こちらに向いて近づいて来る足音が聞こえた。

徒目付工藤助次郎、それに目付太田刑部も一緒だった。そばに太田を乗せていたらしい網代駕籠《あじろかご》が着けられている。引き戸は閉じられたままだ。

五

「これは、蔵間殿」

工藤は皮肉交じりの笑みを向けてくる。矢作が自己紹介をする。工藤は矢作の労を労《ねぎら》ってから源之助に向き直った。

「蔵間殿、このような所で何をなさっておられる」

いかにも批難がましい言い方に源之助は腹が立ったが、ここで怒ってはならない。源之助が答える前に工藤は責め立ててきた。

「まさか、勝手に探索など行っておるのではないだろうな」

いかにも不穏な動きは許さんと言いたげだ。

「とんでもござらん。倅は出仕停止処分です。探索などと」

「では、どうして貴殿がここにおるのだ」

「ここは向島七福神巡りの名所。過ぎ行く春を惜しもうと七福神巡りを行っております。なにせ、居眠り番、暇にこと欠きませんからな」

源之助はさらりと言ってのけた。

「そのような戯言《ざれごと》、まかり通ると思うてか。現に、南町の矢作殿と語らっておるではないか」

工藤は追及をやめようとしない。

今度は矢作が黙っているはずはない。

「お言葉ながら、蔵間殿には何かとお手本とすること多く、拙者の方から色々とお知恵を拝借しておったところ。なにせ、蔵間殿は義父ですからな」

矢作が言うと、

「そうであったな。矢作殿の妹、失態を犯した源太郎殿の妻とか」

工藤は改めて源之助に向き直った。

「よくご存じで」

矢作が言う。

「では、蔵間殿はここに七福神巡りにやって来て、たまたま、貴殿と遭遇し、殺しに関して意見を聞いていたということか」

工藤はいかにも都合がよすぎると言いたげだ。

「そういうことです」

矢作は悪びれもせず堂々と胸を張った。

「ふん、揃って戯言か。そんなことより、三太郎の行方は摑んだのか」

「それに関してはいささかの疑問がござる」

矢作は問い返した。

工藤はいかにも聞く耳持たないというように手を振ったが、太田が、

「なんだ、申してみよ」

矢作は太田に頭を下げてから、

「町方が総力を挙げて三太郎を追っております。ところが、行方は皆目《かいもく》つかめません」

「それは探し方が足りんのだ」

工藤が横から口を挟んだが、またもや太田に制せられた。矢作は声を励まし、

「町方の総力を挙げて手がかり一つ捕まえられないということは、三太郎は町人地にいないのでは……。いや、そう決めつけることはできませんが、武家屋敷、寺社などに潜んでおるかもしれません」

するると工藤は苦笑を漏らした。

「馬鹿な」

「馬鹿なではござらん」

矢作も引くわけはない。

「町方の怠慢でござろう」

工藤は嘲った。

「そのようなことはない」

矢作は肩を怒らせた。

「まあ、待て」

さすがに太田が間に入る。

「しかし、太田さま、この者は自分たちの怠慢を棚に上げております」

「そうではござらん」

矢作はかぶりを振った。

「言い訳だ」

工藤は返す。

「言い訳などはない。わたしは、御用に関しては冗談は申さぬ」

矢作はこれまでのいきり立った態度から一変、それは落ち着いた物言いとなった。

そのことは工藤も感じたようで慎重に矢作と源之助の出方を窺うような態度に出た。

「ともかく、三太郎が下手人であることは確か、その追及に専念されよ」

工藤の言葉に、

「太田さまにお尋ね申します」

源之助は太田の方を向いた。太田は黙って何だと聞いている。

「太田さまや工藤殿はわたしの倅に、今回の殺しの下手人は三太郎であり、その動機とするところは、前山さまによる材木の入札、そしてそれに伴う、不正の汚名を着せられた貴船屋五郎次郎の一子三太郎による復讐と申されましたな」

　太田は静かにうなずく。

「向島七福神殺し、他にもお雪なる水茶屋の娘、兵右衛門なる古着屋が殺されております。これは果たしてどう結び付くのでしょうか」

　太田は薄笑いを浮かべる。それからおもむろに、

「人殺しの気持ちなどはわしにはわからん。向島七福神において、四人の死者が出、それらは同一の下手人による殺しであることは明白。ならば、前山殿と三木助を殺した者、すなわち貴船屋五郎次郎の倅三太郎を下手人として特定するのは当然ではないか。そして、その動機が知りたいのであれば、三太郎を吟味すれば明らかとなろう。それから、蔵間。おまえは練達の同心であろう。是非とも聞きたいことがある」

　太田に問われ、源之助は黙り込んだ。

「この殺し、これで手仕舞いと思うか」

　それはまさしく源之助も大いに危惧していることだ。

「いいえ、わたしはそうは思いません」

「そうであろうな。それゆえ、ここ白鬚神社に来たのであろう。まだ、七福神を祀る

神社や寺で死体が出ていないのはここ白鬚神社と多聞寺だ。だから、警戒心を抱いてここまでやって来たのであろう。おおっと、物見遊山《ものみゆさん》だったのだな」

太田は皮肉げに口を曲げた。

「いかにもご指摘の通りです。そのことが一番気にかかります。三太郎が下手人とはわたしには思えません」

するとエ藤が、

「その方、そのこと、先だっても申しておったが、何故そのように申す。また、他に下手人でもおると申すか」

と、迫ってきた。

「それはまだわかりませぬ」

「またそれか。つくづく無責任な男よ」

工藤は吐き捨てた。

「まあ、待て」

太田は鷹揚《おうよう》な表情を浮かべながら、

「その方が、どうしても納得できないのは、先ほども申したように、前山殿、備前屋三木助殺しとお雪、兵右衛門殺しの繋がりがないということなのだな」

「おっしゃる通りです。太田さまにはそのこと、おわかりになるのでございましょうか」

「そんなことは先ほども申したが、三太郎の口から聞けばよいが、今の時点で敢えて推論してみるに、お雪と兵右衛門は巻き添えであろうな」

「巻き添え」

源之助と矢作は期せずして声を揃えた。

「いかにも。二人は何らかの折に、三太郎の前山殿、備前屋三木助に対する復讐の企《くわだ》てを知ってしまったのだ」

「では、口封じということですか」

「そういうことになる」

太田が言ったところで工藤がいかにも納得したかのように大きくうなずいた。と、そこへ、一人の武士が走り込んで来た。それから工藤の耳元で囁《ささや》く。

工藤が色めき立った。

「三太郎らしき男、墨堤に現れたそうだ。南町の方々、捕縛されよ」

この言葉には矢作はもとより源之助もじっとはしていられなくなった。

第五章　闇《やみ》の七福神

一

源之助は矢作と共に墨堤へと急いだ。矢作が先頭に立ち、御用提灯を必死で差し向ける。

しかし、源之助も息を切らせながら土手を上がる。

　しかし、源之助ならではの雪駄が災いした。夜露に濡れた草が絡まり、重い雪駄とあっては思うさま走ることができず、堤への到着が遅れてしまった。

矢作はいち早く堤に立ち、周囲を見回す。

「周辺を探せ」

矢作の野太い声が夜風を震わせる。一斉に、中間、小者たちが辺り一帯を探索した。

源之助もやっとのことで堤に上がった。

「親父殿、無理は禁物だ」

「年寄り扱いするな」

強がりを言いはしたが、さすがに今日一日歩き回った上に、疲れた身体に鞭打《むちう》って向島までやって来たとなると、走り回ることなどはできない。息を切らしながら矢作たちの働きぶりを眺めている他なかった。

ほどなくして工藤と太田もやって来た。

「見つからぬようだな」

工藤の物言いは例によって刺々《とげとげ》しい。

「今のところは……」

源之助は曖昧に言葉を濁す。

「またも取り逃がしたのか」

すかさず、工藤が責めたててきた。

「まだ、今のところは見つかっておらぬだけでございます」

つい、言葉の調子を強くしてしまった。

「まこと見つけ出せるのだろうな。心もとないのう」

厳しいことをずけずけと言う工藤を太田が制する。

「工藤、口を慎め。町方とて必死になって三太郎を追っておるのだ。助勢を頼んだのは我らぞ」

「御意にございます」

さすがに工藤も太田には逆らえない。

「いましばらくお待ちくだされ」

源之助が慇懃に頭を垂れると、今度は工藤もきつい言葉を返すようなことはしなかった。

工藤はお手並み拝見といったように腕を組んで周囲を見回し続けた。太田も冷ややかな目で見ている。

闇は濃くなるばかりだ。

「これでは、らちがあくまい」

太田は言った。工藤も、取り逃がしたと嘆《なげ》き始める。矢作が焦燥の色を浮かべてやって来た。

「見つかりません」

矢作は太田に報告した。

「見つからぬではなく、取り逃がしたのであろう」

工藤は容赦《ようしゃ》がない。

「いや、そもそも、三太郎を見かけたのは確かでござろうか」

矢作は臆することなく言った。

「これはしたり。己が失態を棚に上げるのは南北町奉行所の常套手段《じょうとうしゅだん》か」

工藤は嘲る。

「なにを」

矢作がいきり立つのを源之助が宥《なだ》め、

「まこと、三太郎を目撃したのですか」

「わが配下の者を疑うのか」

今度は太田がむっとした。

「疑いたくもなる。三太郎どころか猫の子一匹、影も形もないのですからな」

矢作は相手が太田であろうと遠慮がない。

「この無礼者」

工藤が気色《けしき》ばむ。それとは対照的に太田はあくまで落ち着いている。

「我らが配下に落ち度があったと申すか」

「落ち度というよりは、見間違いです。何分にも夜更けのことですから」

「しかし、空には」

太田は無言で夜空を指差した。雲間に上弦《じょうげん》の月が輝きを放っていた。

「しかし、それらしき男はむろんのこと、人気《ひとけ》がないのですぞ。この夜中、渡し船などもない。まさか、泳いで渡ったとは思えません」

「どうしてそんなことが言いきれる」

工藤である。

「まだまだ、川の水は冷たい。それに、三太郎が水練を身に付けていたとは到底思えない」

「憶測に過ぎぬ。三太郎はこの二年、ひたすら父親の復讐のためにのみ生きてきたのだ。そのためには様々な修練を積んだとしても不思議ではない。大体、喉笛を抉るなど、素人にできることではない」

工藤は断固とした物言いとなっている。

「そんなことあり得ますかな。忍者まがいの技をどうやって会得できたのですか。我らの目にかすりもせず逃れるなど、ただの町人にできるはずがございません」

矢作は納得いかないようだ。今の言葉で三太郎のことが思い出された。ただの町人にできるはずはない。三太郎という男が醸《かも》し出していた雰囲気。ひょっとして隠密もどきかと疑った。

いや、そんなはずはない。

材木問屋の放蕩息子が二年の間、何処でどう修練を積もうが、隠密のごとき技を身に付けられるはずはない。

「ともかく、取り逃がしたのは町方の落ち度。そのことは紛れもない事実、よいな」

太田は釘を刺すように言った。横で工藤もその通りだというように凄い目で睨んでいた。源之助も矢作もむっつりと黙り込んだ。

「ともかく、今宵《こよい》はもうよい」

太田は言うと工藤を伴い立ち去った。それを見送りながら矢作は舌打ちをする。

「引き揚げるか」

源之助はわざと陽気な口調で言った。

「親父殿、どう思う」

矢作は納得がいかないように盛んに首を捻る。

「ともかく、三太郎の足取りはぷっつりだ」

源之助が言うと矢作は小石を拾い上げ、大川に向かって放り投げた。石が落ちるぽとんという音が夜陰の静寂を際立たせた。

明くる十一日の朝、またしても衝撃が源之助に襲いかかった。

源之助は白鬚神社に来ている。既に矢作も到着していた。

「親父殿、これは」

矢作は困ったような顔である。十手で自分の肩をぽんぽんと叩いていた。境内の手水舎《ちょうずや》の前で源之助は佇んだ。二人の足元には亡骸が横たわっている。

「お累に化けていた女だ」

亡骸は船宿の女将お累の名を騙《かた》っていた女である。女は喉を鋭利な刃物で抉られていた。仰向けに倒れ苦悶の表情である。

「昨晩、あれからどうしたのだ」

源之助が訊いた。

「もちろん、念のため数人の者が交代で警戒に当たった」

矢作は言った。あれから、南町奉行所は白鬚神社の周りに人を配置し、三太郎が神社にやっては来ないかと警戒の目を向けた。

「誰も、鳥居を潜った者はいなかった。ところがこれだ」

矢作の話によると、今朝、夜が明けてから参詣客が俄《にわ》かに騒ぎ出した。そこで、この偽お累の亡骸が見つかったという。

「いつの間に下手人はこの女の亡骸を手水舎まで運び込んだんだ」

矢作は唇を嚙んだ。

「あれほど探したのにな」

源之助も狐に摘まれたような心境となった。

「あの闇の中だ。我らの警戒の目を盗んで女を殺すことはできなかったとは言えまい」

矢作が言った。

「それはそうだが、まさかここで殺したわけではあるまい。いくらなんでも周囲を警戒中に境内で殺しをすることなどできはしない。別の場所で殺しておいて運び込んだのだろう」

「おれも親父殿に賛成だ。だが、運び込むにしてもいかにして我らの目をすり抜けたのかという疑問は残る。ともかく、実際に女の亡骸がある以上、それがなされたということだ」

「下手人はよっぽど向島七福神に拘《こだわ》っているな」

「親父殿、このお累と名乗った女、三太郎の一味だったな」

「その通りだ。偽お累、三太郎、兵右衛門は繋がりがある」

「ということは、やはり三太郎の仕業ということになるのではないのか」

「三太郎はどうして偽お累を殺したのだ。さっぱりわからん。わからんといえば、このことに限らずわからんことだらけだがな」

源之助はついつい愚痴を並べた。

「練達の親父殿にしてからがそのように申されるのだから、よっぽどの難事件さ」

「これぞ難事件の極み」

源之助はこの時不謹慎ながら何故か笑いが込み上げてきて仕方がなくなった。

「さぞや、工藤殿、肩を怒らせて怒鳴り込んでくるだろう。おれも出仕停止になるかな」

矢作は自嘲気味な笑いを浮かべた。

「それはないだろうが、厳しいことを言われるのは確かだ。こうなったら、南町の威信にかけて三太郎を探せということになるであろうて」

「違いないぜ」

矢作は半ば、自棄《やけ》といった様子である。これから、意地でも三太郎を探し出さねばならないだろう。

「さて、ならば地道に聞き込みでもするか」

矢作は偽お累の亡骸に向かって両手を合わせた。源之助も謎の女の冥福を祈った。

ふと源之助が、

「昨晩、太田さまを乗せた駕籠、鳥居近くに留められていたな」

「ああ、そうだった」

「引き戸が閉じられたままだった」

ここで矢作の両目が大きく見開かれた。

「おい、おい、親父殿。まさか、あの駕籠の中に偽お累の亡骸が入っていたとでも……。それなら、下手人は太田さまと工藤殿ということになるぞ」

「そこまでは言わぬが、あの駕籠の中に亡骸があったなら、警戒の目をすり抜けてここまで運び込むことができる。太田さま配下の者が三太郎を目撃したと我らを誘導して、白鬚神社から引き離し、その隙にな」

「なんだか、面白くなってきたな、親父殿はどうする」

矢作は興奮している。

「わたしはわたしで探索を続けるさ」

源之助は言うとその場を立ち去った。

矢作に言ったことは思いつきに過ぎない。太田と工藤が一連の七福神殺しの下手人、あるいは下手人を操っているとはいかにも奇想天外な考えだ。

ひとまず、頭の中を空にすることだ。

余計なことに囚《とら》われることなく、一から探索をし直してみよう。

二

昼になり、源之助は京次の家に立ち寄った。

「どうしたんです、浮かない顔で、ってそりゃそうですよね。またも向島七福神で殺しとなりゃ。しかも今度は偽お累ですって」

「どうもなあ」

源之助は胸のもやもやを表すようにいかつい顔を際立たせた。

「やはり、三太郎の仕業ということになるんじゃありませんかね」

京次は三太郎が下手人であるという考えに傾いている。それを頭から否定する材料はない。

「状況は三太郎が下手人に間違いないと語っているがな」

そう否定を含んだ言葉を返すことでささやかな抵抗を示した。

「そのご様子じゃ、まだ、三太郎が下手人だとは思っていらっしゃらないようですね」

京次の物言いは遠慮がちながら、その顔は三太郎を下手人と認めようとしない源之助に対する不満と批難が入り混じっている。

「正直、今でも三太郎が下手人だとは思えぬ。どうしてかと聞かれれば、勘としか答えられないのだが。あの工藤殿が聞けば目をむいて立腹するだろうがな」

源之助は苦笑を浮かべるしかなかった。

「いやな御仁ですよ。こんなこと言っちゃあいけねえんでしょうけどね」

京次も苦い顔だ。

「工藤殿のことはともかく……。動かねばな」

「これから、どうします」

京次にしてみれば、三太郎を追うしかないのではとの思いがあるのだろう。しかし、自分は三太郎が下手人であることを受け入れることはできない。

何故か。

今、勘だと言ったがその勘は胸のもやもやが原因だ。どうにも引っかかる。引っか

かることとは、

「お雪殺しだ」

源之助は呟いた。京次が怪訝な顔を向けてくる。

「七福神巡りは、三囲稲荷、弘福寺、長命寺、花屋敷、白鬚神社、多聞寺という順が普通だ。それに合わせるかのように、前山さまの亡骸は三囲稲荷で見つかり、備前屋三木助は花屋敷、偽お累は白鬚神社で発見された。ところが、お雪と兵右衛門は逆。七福神巡りの順であれば、お雪の亡骸は弘福寺で、兵右衛門は長命寺で見つかってしかるべき。順番が逆なのだ」

「それは偶々《たまたま》なんじゃありませんかね」

「偶々なのではない。下手人は七福神に拘っているのだ。それともう一つ引っかかることがある。よいか、向島七福神殺しは二つに分けられるのだ」

源之助はわかるかというように京次を見た。京次はしばし黙考の後に、

「前山玄蕃丞さま、備前屋三木助殺しが一つ、兵右衛門、お累殺しが一つですね」

「そうだ。その二つに分かれる。そこでお雪殺しだが……」

「お雪殺しだけが浮いているんですね」

「そういうことだ。前山さまと備前屋三木助殺しには、二年前の材木の入札絡みとい

う背景がある。兵右衛門とお累は三太郎と共に兵右衛門のお遊び絡みだ。しかし、お雪だけがこのどちらにも属さない」

「違いないですね」

京次は唸ってから、

「お雪殺し、一連の向島七福神殺しとは関係がないってことでしょうか。でも、それでは、向島七福神で殺された、いや、亡骸が見つかったというのが解《げ》せません」

「お雪殺しの下手人は別、その者は前山さま殺しの下手人と同一だと見せかけようとしたのではないか」

源之助は言った。

「お雪を殺した奴は長命寺にお雪の亡骸を運ぶことによって下手人は前山さまを殺した下手人に見せかけた……。なるほど、そう考えれば納得できますね」

「一つの考えだがな」

源之助は慎重な物言いをした。あくまで想像に過ぎない。

「さすがは蔵間さまだ。きっとそうに決まってますよ」

京次は源之助の考えに飛びついた。

「まだわからん。確かめる余地は大いにある。いま一度、お雪の足取りを調べ直す」

「伝兵衛の所に行きますか」

「いや、絵師だ。お雪は長命寺で亡骸が見つかる前に絵師の所に行ったのだったな」

「はい。樋口正円という絵師です」

「行くぞ」

源之助は立ち上がった。

「合点です」

京次は勇んだ。そこへお峰がやって来た。

「あら、お出かけ」

「決まってらあ。十手持ちが家でごろごろできるかい」

京次は勢い込んでいる。

「そうかい、そりゃご苦労さんだね」

お峰は手に一枚の絵を持っている。京次が出かけようと腰を上げたところで、源之助はその絵に目を止めた。お峰が源之助の視線に気付き、

「お雪ちゃんの絵なんですよ。近所の絵草紙屋《えぞうしや》で買ってきたんです」

お峰が樋口正円の描いたお雪の絵だという。次いで、

「大変な評判を呼んでいるんだよ」

と、言い添えた。

「どうした評判だ」

源之助が訊く。

「水茶屋の評判娘であった上に、七福神殺しの犠牲者ということでそれはもう飛ぶように売れていますよ」

「便乗《びんじょう》ってことか」

京次が舌打ちをする。

「あたしに怒ることないだろう」

「こうしたことは世の評判を呼ぶものだからな」

源之助の脳裏に便乗という言葉がこだました。お雪の絵はまさしく便乗商法、お雪殺しも一連の七福神殺しへの便乗。

「便乗か」

独り言のように呟いた。

源之助は京次の案内で絵師樋口正円の家にやって来た。すぐに奥の座敷へと通された。二人に向かって正円がにこやかに応対してくれた。京次が源之助を紹介する。正

円はそれを聞いて、

「では、先だってこられたお若い定町廻りの……」

「あれは、倅です」

源之助は言う。

正円はふんふんとうなずく。その窺うような表情はいかにも今評判となっている同心親子かという様子だ。

「お雪はいつもなら一時《いっとき》ほどここで絵を描かせてくれるのに、殺された日つまり今月の三日には半時余りで出て行ったのでしたな」

「その通り」

正円は首肯《しゅこう》した。

「間違いないですね」

源之助は念押しをした。

ここで京次が不満をぶちまけた。

「こんなこと言っちゃあ先生に失礼かもしれませんけど、殺された娘の絵なんかよく描けたもんですね」

「わしも迷った。遺族のことを考えぬでもなかった」

正円は苦悩の表情を浮かべた。

「しかし、結局描ききったじゃござんせんか。それも飛ぶように売れてますぜ」

京次の言葉を批難と受け止めたのか正円は気色《けしき》ばんだ。

「そんなことを申されるが、わしは絵師として、生前のお雪の姿、お雪の美しさを絵に描くことで永遠の命を吹き込むことができると思ったのじゃ。それが、絵師の務めとわしは考える」

正円の物言いは力強い。

「そうくるか」

京次は呟いた。

「お雪は絵が出来上がることを心待ちにしておったのじゃ。お雪とても絵が出来、それが出回って評判を呼んでいると知れば、あの世で喜んでおることじゃろうて」

正円はぬけぬけと言い放った。

「伝兵衛はどう思っておるのだろうな」

源之助が尋ねた。

「喜んでおるじゃろう」

「見せていないのか」

「わしがわざわざ出向くことではないからな」

「非人情だと思いますね」

京次はよほど腹が立つのか、正円に突っかかっている。

「まあ、いずれ、この絵をありがたく思うだろうさ」

正円は冷めた笑みを浮かべた。

「ところで、お雪は正円先生が引き止めたのを断ったのでしたな」

源之助は、お雪が正円の求めに応じなかったことを蒸し返した。

「いかにも。先日、そのことは話した」

「何故、断ったのでしょうな」

「さあ、そこまでは見当がつかぬ。誰かと会う約束があったのではないか」

「よく、思い出してくだされ」

源之助は語調を強める。

「別段そのようなことは」

正円は腕を組んで首を捻ったものの、特に誰と会うとも何処へ行くとも聞いていないことを話した。

「しかし、素振りというものが感じられるのではござらんか。先生ほどの絵師であるとか」

のなら、何か気配のようなものを感じられたのでは……、たとえばそわそわしていた

源之助は視線を凝らす。いかつい顔が際立った。

正円は困ったように唸り声を発した。

「どのような些細《ささい》なことでもかまいません」

「今思えば、何か心ここに在《あ》らずというような、焦っているようなところがありましたな」

「男じゃないですか。男と会う約束があったから焦っていたんじゃ……」

京次も興味を示した。

やはり、お雪は誰かと会っていたのではないか。待ち合わせがあったがために早く出て行こうとしたのではないか。

「しかし、瓦版によりますと、お雪を殺したのは今騒がれております七福神殺しの下手人、その下手人が……」

正円が問いかけてきたところで弟子が一枚の瓦版を持って来た。それを正円は見て、

「下手人がここに出ておりますぞ」

そこには、またしても町奉行所が失態と見出しにあり、今度は下手人の名前までも

が記してある。木場の材木問屋貴船屋の跡取り息子三太郎とあり、材木の入札に絡む父五郎次郎が不正を働き自害、それを恨みに思っての復讐だとも記してあった。

三

「これ、この通り。一連の殺しは貴船屋五郎次郎の一子、三太郎とありますぞ」

正円は瓦版を源之助に見せた。

「わたしはそうは思っておりません」

源之助が堂々と否定したため、正円はおやっという顔になって、

「蔵間殿は、何故、お雪殺しを追っておるのですか。三太郎を追うというのはわかります。しかし、まるで新たにお雪殺しを追いかけているように見えますが」

「わたしはお雪殺しを一から洗い直しているのです。瓦版に書いてあることには大いなる疑いを抱いておりますのでな」

源之助ははっきりと言った。

「ほう、それは物好きな」

正円は薄ら笑いを浮かべた。

「おかしいですか」

源之助は鋭い目で見返す。

「無駄足とならねばよいのじゃがな」

「探索というのは無駄の積み重ねなのですよ」

源之助は胸を張った。

「なるほど、無駄の積み重ねですか」

正円は軽くうなずく。

「ともかく、今日はお邪魔しました」

源之助は腰を上げた。京次も立ち上がる。二人は正円の家を後にした。


「どうしますか、もう、江戸中、下手人は三太郎であるという一色ですよ」

京次の顔には再び三太郎下手人説に傾いていると書いてある。

「この瓦版、どうしたことであろうな」

源之助は呟いた。

「っとおっしゃいますと」

「いや、どうも、臭う。三太郎が下手人であると世の中に知らしめているかのようだ。

何者かがそうさせているような」

「その何者かとは……」

「目付太田刑部さま」

源之助は太田の名前を刻み込むように言った。

「太田さまがどうして三太郎を下手人に仕立てるんですか。第一、太田さまは入札の不正が表沙汰になることを避けたがっておられました。瓦版に流してしまっては、その思惑に反すると思いますがね」

「それはわからん。まだまだ考慮の余地はある。太田さまのことはともかく、お雪殺しは追い続ける」

「ということは、お雪が正円の家を出てから会いに行った男を探さねばなりませんね。その男が三太郎ということはありませんか」

「否定できんな」

「三太郎だったとしたら、お雪も七福神殺しに繫がってくるじゃござんせんか」

京次はいかにも納得顔である。

「そうなればだな」

源之助はなんとも判断ができない。

「お疑いですか」

「うむ、それでは出来過ぎのような」

「そうですかね」

京次はここは源之助には反対意見を持った。

「きっと、三太郎、お雪を見初めたんですよ」

「見初めてどうしてお雪を殺すのだ」

「それは……。そうだ、殺しの企みを知られてしまったからではありませんかね」

「企てが漏れないように口封じをしたということか」

源之助は問い返した。

「そうです。それしかありませんよ」

京次は口に出してみて確信の度合いを強めたようだ。

「決まりと思いますね」

京次にしては珍しく頑固《がんこ》な態度である。源之助はそれを不快には思わなかったが、なんとなく危ういものを感じた。京次は三太郎が下手人ということに染まってしまったのか、それとも自分が意固地《いこじ》なのか。

「ともかく、もう一度伝兵衛の所へ行く」

源之助は言った。

「わかりました」

京次はそれには従った。


二人は再び伝兵衛の家にやって来た。

「まだ、何か」

伝兵衛は視線を泳がせている。

「すまねえな」

京次は一応の挨拶をした。伝兵衛はそれでも快く二人を家の中に入れてくれた。

「もう一度、よく思い出してもらいたいのだ」

源之助は努《つと》めてやわらかな表情をつくった。伝兵衛は八丁堀同心に下手《したで》に出られたからだろうか、身構えていたのが、心持ち表情を和《やわ》らげた。

「男だ」

「男、お雪の男でございますね。先日もお話ししましたが、深く言い交わした仲の男などというのは……」

伝兵衛は首を捻るばかりだ。

「そう聞いたが、ほんのわずかなことでもよい」

「そうおっしゃられても」

伝兵衛も困り顔である。

源之助は辛抱強く伝兵衛が思い出すのを待った。お雪は正円の頼みを断り、出て行ったのだ。きっと誰かと会っていたに違いない。

「お雪は絵を描いてもらうことを、それはそれは楽しみにしておりました」

「そんなにもか」

源之助が問いを重ねる。

「お雪という娘はとにかく暇があれば、自分の顔を手鏡でもって眺めていたのです。ええ、休みの時などは日がな一日、色んな着物を着換えたり、簪《かんざし》を変えたりと、それはもう一日自分を見ておりましたな」

「着物、小間物といっても相当に銭がかかるであろう。それを買い与える男がいたのではないか」

源之助は突っ込んだ。

「時折、簪などを持ってやって来る男などもおりました。しかし、お雪はそれを受け取るようなことはありませんでした。代わりにお客の心付《こころづ》けなどは貰っていました。

心付けはお雪のものとしてわたしは認めておりました」

「しかし、くどいようだが、その心付けがいくらあろうが、そうそう着物や小間物は買えないだろう」

源之助はお雪の位牌《いはい》が置かれた部屋の片隅の木箱に目をやった。位牌の前に簪が十個あまり並べられている。歩くたびに揺れるびらびら簪、珊瑚珠《さんごだま》の付いた玉簪、細かい細工が施された変わり簪、様々に工夫された目にも鮮やかな代物《しろもの》ばかりである。伝兵衛はお雪の思い出に供えてあるのだと言った。

「あの娘は好きなだけあって、目が肥えておりますからな。案外と安く手に入れておったようです。新しい簪を買って来ては伯父さんこれいくらだと思う、などと訊いてきました。あたしゃ、そういうことに疎《うと》いものですから、あてずっぽに適当な値を答えるんです」

大抵は伝兵衛が言う値を遥かに下回る値で買ってきたのだという。京次がその中の一本を取り上げて、

「これ、えらく良さそうじゃないか」

びらびら簪である。桜の花文様が施された、春爛漫《はるらんまん》の時節にふさわしい代物だ。

「これで、いくらなんだい」

京次は手で撫でながら訊いた。

「それは……」

伝兵衛は見ていたが、見る見る顔色が悪くなった。それから、

「これは、お雪が死んだ時、髪に挿《さ》していた簪です」

と、言った。

京次はばつが悪くなって簪を戻した。しばし、沈黙の後、

「ところで、正円の描いた絵が評判を呼んでおるが」

源之助が尋ねた。

「そのようで」

伝兵衛は軽くうなずく。

「そのこと、不快には思わぬのか」

「お雪はこの絵が出来上がることを楽しみにしておりましたから。それに、郷《さと》の親にもお雪の形見となりましょう。親はお雪が水茶屋で働くことに反対しておりましたので、葬儀にも来ませんでしたが、ようやく便りを寄こすようになりました。近々、やって来ますから、位牌と簪を一緒に渡すつもりです」

伝兵衛はしんみりとなった。

「そうかい」

京次はうなずいた。

「あの、お雪を殺したのは木場の材木問屋の息子ということではないのですか」

伝兵衛は訝しんだ。

「わたしはそう考えておらんのだ。下手人はお雪を慕う男だと思う」

「いやあ」

伝兵衛は否定的だ。まったくそのような心当たりはないということだ。それから、

「でしたら、お里久《りく》を訪ねてみては」

「お里久……」

源之助が問い返すと京次も首を捻る。

「一緒に働いていた娘です。先月辞《や》めたんですがね」

「どうして辞めたのだ」

「本人は病だと言っていましたが」

伝兵衛は口ごもった。何か奥歯に物が挟まったような言い方だ。

「どうしたい」

京次が問い詰めようとしたが、源之助が引き止めた。直接、お里久の口から話を聞

こうと思ったのだ。

四

源之助は京次と共にお里久が住むという横山同朋町《よこやまどうぼうちょう》の長屋へとやって来た。お里久は青物を扱う棒手振りの娘だった。京次が訪ね、源之助は近くにある茶店で待っていることにした。

やがて、京次に伴われてお里久がやって来た。浅黒い顔で目が細く鼻が低い。おおよそ美人とは程遠い顔立ちでおまけに小太り。お雪とは対照的な娘である。お雪の引き立て役と言ってもいい。それが嫌になって店を辞めたのだろうか。伝兵衛の奥歯に物が挟まったような物言いがそのことを物語っているように思える。

京次が柔らかな物腰で娘に緊張を与えまいと草団子《くさだんご》を頼んだ。

「なにもな、おまえを責めようというんじゃない。こちらの蔵間さまはな、お顔は恐いけど、心根は優しいお方なんだ」

京次が冗談交じりに言う。源之助は懸命に頬を綻《ほころ》ばせた。

「は、はい」

お里久はおずおずと縁台に腰を下ろした。いかにも心もとなげなその態度には不安と戸惑いが満ち溢れている。草団子を勧めたが、お里久は緊張の余り手に取ることもできないでいる。

質問は京次に任せることにした。自分のようないかつい男よりは、男前で娘への接し方が柔らかい京次の方が適任だ。源之助に目配しされて京次も源之助の意図がわかったようだ。

「ちょっと、お雪のことを聞かせて欲しいんだ」

京次が笑みを浮かべながら問いかける。

「お雪ちゃんのこと……」

お里久はぶるぶると震え出した。きっと、お雪が無残に殺されたことを気に病んでのことだろう。

「お雪、かわいそうなことになっただろう。それでな、下手人を見つけたいんだよ。おまえだって、お雪を殺した奴が無事でいるなんて許せないだろう」

「お雪ちゃんを殺したのは材木問屋の息子さんだと瓦版に書いてありましたけど」

お里久の顔が戸惑い曇る。

「そうなんだ。で、訊きたいんだけど、瓦版に書いてあった三太郎という男、水茶屋に通っていたのかな」

「さあ……」

お里久は首を捻る。

「見かけたことはないか」

「三太郎という人のこと、あたし知りませんから」

お里久の声は不満が滲んでいる。

「そりゃ悪かったな。じゃあ、こう訊こうか。お雪に言い寄って来た男ってのは……」

お里久はうんざり顔となった。

「そういう男は後を絶ちませんでしたよ。お役人さま方もよくご存じじゃございませんか、お雪ちゃんが評判の娘だったって」

「それは聞いているよ。でも、特に入れ込んでいる男ってものがいるだろう。たとえば、簪や着物なんかを贈ったりしていた連中だ」

「確かにそういうお客さんもいたんですけど、お雪ちゃん、品では受け取ろうとしませんでした。だって、それじゃあまりに目立つじゃありませんか。ですから、紙に包まれたお金、心付けですよね。それで受け取っていましたよ」

「いくらくらいだ」

「そんなの知りません。でも、そんな大金じゃないと思いますよ」

お里久がちらっと覗いたら、そこには一分金が入っていることもあれば、一朱だったこともあったという。小判は入っていなかったと思うと付け加えもした。

「お雪ちゃん、特に好いた男はいなかったと思います」

お里久の言い方は確信めいていた。

「どうしてそんなことがわかるんだ」

「うまく言えませんけど、お雪ちゃん、自分のことがとっても好きだったんです」

「自分のこと……」

二人のやり取りを黙って聞いていた源之助だったが、我慢できずに問いかけた。

「暇な時はいつも手鏡を見て、自分の顔を見てうっとりしてるんです」

伝兵衛も同じことを言っていた。不思議な女だと源之助は思った。

「自分が好きか。変わった女だな」

もて男の京次も戸惑い気味だ。

「きれいな自分が好きなんです。今にして思えば、そうなんだなって」

「答え辛いことを訊くが、おまえはどうして店を辞めたんだ」

京次が優しく尋ねる。

「それは……。辞めた時は、それはもうお雪ちゃんへの嫉妬《しっと》ですよ。同じ店で働いているのに、男って露骨で、お雪ちゃんばかりをちやほやして……。そんなことで嫌気が差して、鬱憤が溜まって、辞めちゃったんです。ですけど、今にして思えば、お雪ちゃん、自分がもてることはとっても誇らしげだったけど、それにも増して、今も言いましたけど自分が好きだったんです。ですから、どんなに男に言い寄られても深い仲にはなろうとしませんでした」

お里久は確信めいた物言いをした。

「自分が好きねえ……」

京次も考え込んだ。

「お雪は着物などもよく買っておったようだが、着物などは相当高価ではないのか」

源之助が言うと京次もそうだとばかりにうなずく。

「それはあれですよ。お雪ちゃん、呉服屋さんなんかでは半襟《はんえり》を買っていたんです。お雪ちゃん、とっても着こなしが上手なんですよ。ですから、見立てもよくって、それで半襟だけでもすごく見栄えがよくなるんです。たまに着物を買う時は古着屋です。それも、とても古着には見えないいい着物ばかりで……」

そこで京次の目が尖った。

「古着屋っていうと、柳原の古着屋かい」

「そうですけど」

京次の顔が恐くなったものだから、お里久は怯《おび》えた顔になった。

「兵右衛門の古着屋じゃないのかい」

京次は畳み込む。

「名前まで知りません」

お里久は言ったが、京次の目は確信めいて光った。

「こりゃ、間違いないですよ」

それには源之助は答えない。京次はお雪と兵右衛門、三太郎との接点ができたと思っているのだ。

「すまねえな、悪かったな。これで、話はしまいだ。さ、遠慮することはねえ」

京次は恵比寿顔で草団子を勧める。お里久は自分に疑いや禍《わざわい》が及ばないことを確信してすっかり安心したようだ。草団子を美味《おい》しそうに頬張った。そして、茶を飲んでから、ふと涙ぐんだ。お雪の死の悲しみに襲われたようだ。それから髪を飾る朱の玉簪を手に取った。それを涙で腫《は》らした目でじっと眺めてぽつりと言った。

「これ、お雪ちゃんがくれたんです」

京次はうなずく。

「あたしが店を辞めるって時に、くれたんです」

「お雪はおまえに対して後ろめたい気持ちを抱いていたんじゃないか。自分ばかりがもてて、お里久ちゃんに不愉快な思いをさせてしまったって」

「いいえ、そんなこと思うお雪ちゃんじゃありませんよ。何度も言っているじゃありませんか。お雪ちゃん、自分のことが一番好きなんだって。ですから、これも、わたしが辞めることで餞別《せんべつ》代わりにくれたんですけど、悪気なんてないんです。わたしがどうして辞めるんだろうなんてことを心配する気持ちもまるでないんです。この簪、買ったけど自分には似合わない、お里久ちゃんの方が似合うからって、そんな理由でしたよ。まったく、けろっとしたもんですよ」

お里久はじっと簪を見つめた。その横顔はお雪への複雑な思いが見え隠れしている。

それから簪から視線を外すことなく言った。

「お雪ちゃんから誘われたんです。とってもいい小間物屋さんが両国東広小路にあるから行ってみないかって」

その小間物屋は掘り出し物の櫛《くし》や簪、笄《こうがい》を安い値で提供してくれるのだそうだ。

「一緒に行ったのかい」

「行きません」

　お里久は力強く首を横に振った。

「どうしてだい」

「だって、お雪ちゃんと一緒に行ったんじゃ、引き立て役になるばっかりなんですもの」

「そんなことはねえさ。この簪だってよく似合っていたぞ」

　京次の言葉はお里久の気休めにもならなかったようだ。お里久は冷めた口調で言った。

「でも、あたし一人で行ったんです。お雪ちゃんには内緒で。そうしたら」

　お里久の頬は小さく震えた。お里久が言うにはその小間物屋、両国東広小路の白雪《しらゆき》屋《や》というのだそうだが、お雪が言っていた値段では到底《とうてい》売ってくれないのだという。

お雪は自分の名前に似た白雪屋という店が気に入り、足繁《あししげ》く通っていたという。初めのうちは名前が気に入ったようだが、通っているうちに店の主人と親しくなり、お雪好みの簪を用意してくれるようになった。

「お雪ちゃんは、二朱で買えるなんて言ってましたが、お雪ちゃん以外には一分なんです。二朱だってあたしにはとても手が出ないというのに、一分なんてとってても買えたものではありませんでした」

「そのこと、店の主人には理由を訊いたのかい」

「訊きませんでした。でも、見当はつきます。お雪ちゃんには特別な値段をつけていたんです。きっと、お雪ちゃんが身に付ければ、それが評判になるって算段していたんだと思います」

お里久の言い方には棘《とげ》があった。自分と同じ年頃の娘が、器量の良し悪しでこんなにも扱いに差が生じている。この理不尽《りふじん》さたるや、お里久の身になれば、当然のごとく辛いものに違いない。

「すまなかったな、こんなこと言っちゃあ気を悪くするかもしれねえが、おまえにその簪、とても似合っているぜ。見てくれだけよくって、すぐに使えなくなる飾りばっかりの簪じゃなくって、いつまでも髪に挿していられる本当の簪だ。大事なのは見てくれじゃねえぜ」

京次は笑みを送り立ち上がった。

お里久は簪を眺めそれから髪に挿すとにっこり微笑んだ。

その笑顔を世辞ではなく可愛いと源之助は思った。

五

お里久と別れてから京次は、

「これで、お雪と三太郎、兵右衛門が繋がりましたね」

と、にこやかな表情となった。

「そうかな」

源之助は否定的だ。

どうしても繋がりがあるとは思えない。それは自分の八丁堀同心としての勘が受け入れないのだ。しかし、お雪が柳原通りの古着屋に通っていたことも事実、そのことを確かめなくてはならない。

「ならば、この前の古着屋を訪ねてみるか」

源之助の言葉に京次に異存があるはずはない。それどころか、歩を速めている。

先日訪れた柳森稲荷近くの古着屋、文六の店にとやって来た。

「これは、お役人さま」

文六はにこやかに相手になってくれた。しかし、それも束の間のことですぐに厳しい顔になり、三太郎さんが下手人なんですってねと声を潜めた。

「とっても信じられませんよ。あんなに親しくしていらしたのに。それに、三太郎さん、兵右衛門さんだけじゃなくって、前山さまという御旗本やお雪って評判の水茶屋の娘も殺めたとか」

「人は見かけによらないってことだ」

京次は確信している。

「ひょっとして、三太郎さん、ここにやって来なかったかって探しにいらしたんですか」

「そういうわけじゃないんだ。三太郎じゃなくって、お雪の絡みでやって来たんだよ」

「お雪ですか」

「お雪、兵右衛門の店によくやって来たんじゃないかい」

「何の用事でですか」

文六は戸惑っている。

「決まっているだろう。古着を買いにだ」

「兵右衛門さんの店は男物しか扱っていませんからね」

「ええっ」

京次はぽかんと口を開けた。

「そうですよ。兵右衛門さんの店は男物しか扱っていません。あたしんとこは少しばかり扱っていますがね、お雪なんて評判の娘がやって来たら、そらもう、うちも評判を呼んだでしょうが、あいにくと、うちは女物といっても年増《としま》以上の物ばかりです」

文六は女物の着物を手に取った。なるほど、弁慶縞《べんけいじま》の地味な柄《がら》ばかりである。

「すると、お雪と兵右衛門は顔見知りではなかったということかい」

「顔見知りかどうかはわかりませんが、少なくとも、兵右衛門さんのお店に着物を買いに来る客ではありませんね」

文六の言葉はお雪殺しを振出しに戻した。

「すまなかったな」

京次の声は弱々しかった。

「これで、一から出直しですか」

京次は肩を落とした。

「何を弱気になっているんだ」

「やっぱり、蔵間さまがおっしゃるようにお雪殺しだけが七福神殺しの中でぽっかりと浮いてしまっていますね」

「そういうことだ」

「ということは、一から聞き込みのやり直しということになりますね。しかし、伝兵衛やお里久の話では、お雪と深い仲の男はいなかったってことですからね。一方的にお雪のことを好いていて、お雪には相手にされなくてつきまとって、その揚句に殺したということじゃないですかね」

「その考えが妥当《だとう》だとは思うが、では、もう一軒、行ってみるか」

源之助は言った。

「何処へですよ」

「両国東広小路だ」

「小間物屋白雪屋ですか」

「そういうことだ」

今度は源之助が急ぎ足となった。京次は慌てて追いかけて来る。

二人は白雪屋へとやって来た。店は両国東広小路の表通りを一歩入った横町にあっ

た。京次が暖簾を潜る。すると、

「これが、お雪がしていた簪だ」

と、だみ声を発しながら売り声を上げている中年男がいる。片手に正円の描いた絵を見せながら桜の花文様が施されたびらびら簪を手に取っていた。その前には娘たちが垂涎《すいぜん》のため息を漏らしながら見入っている。中には若い男と一緒の娘もいて、買ってくれるようにねだっている。しかし、値段が二分とあっては簡単には手が出ない。

それでも、評判を呼ぶ簪は次々と売れていった。

「お雪で商売していますね」

京次の顔が不愉快そうに歪んだ。源之助は黙っていたが、話を訊くように目で京次を促した。京次はその男に向かって御用の筋で話が聞きたいと願い出る。

男は怪訝な顔をしながらも簪の売れ行きが好調なことに気を良くしたのか、どうぞお上がりくださいと源之助と京次を店の奥へと導いた。

「何でございましょう」

主人は彦三《ひこぞう》と名乗った。

「今、売りに出していた簪なんだが」

源之助が問いかけた。彦三はなんら悪びれることもなくお雪が挿していた簪だと言った。

「よくそんなもんで商売ができるもんだな」

京次の揶揄を彦三は心外だとばかりに、

「これは、わたしなりのお雪ちゃんへの供養なんですよ。お雪ちゃん、本当によくこの店で買ってくれましたからね」

「そのようであるな。お雪はずいぶんと小間物が好きだったとか」

「それはもう、目がないと申しますか。気に入った簪があると目の色が変わりました」

彦三はお雪がいかに小間物、特に簪には目がなかったかを熱っぽい口調で語った。

「特に簪には目がなくって、この簪も特別にお雪ちゃんのために仕入れていたんですよ。とってもいい簪が入ったから、特別安くしとくから覗きにおいでって誘ったんです」

「この簪か」

源之助の問いかけに、彦三は首を縦に振った。

「いみじくも、それが、お雪ちゃんを見た最後になりました。お雪ちゃん、店を閉めようとした時に、駆けつけたんですよ。息を切らしながら肩で息をして」

彦三は込み上げるものがあるらしく言葉を詰まらせた。

源之助ははっとした。

「お雪が簪を求めてこの店にやって来たのは何時《いつ》のことだ」

「今月の三日、店仕舞いを始めた時ですから、暮れ六つ（六時）になろうとしていたところでございます」

「間違いないな」

源之助は念を押す。

「間違いございません。その翌日ですもの、お雪ちゃんの亡骸が長命寺で見つかったってことを聞いたの。間違いようがありません。お雪ちゃん、絵を描いてもらっていたって言ってましたよ」

「本当だな」

「はい」

彦三はしっかりと首を縦に振った。それから声を潜め、

「正円先生って絵師、いやらしいって嘆いていましたっけ。で、そんなに嫌なら、絵なんて描いてもらわなければいいじゃないかって言ったんですよ」

お雪は正円が評判の絵師で絵に描いてもらえば、更に評判が上がるからと我慢して

いるのだという。

「この絵に描かれているのが、その時、お雪が買った簪だな」

源之助は念押しをした。彦三はうなずく。それから、

「あの、お雪は三太郎とかいう男に殺されたのではないのですか」

「いや、そうではない」

「では誰に」

「今、探しておるところだ」

源之助は京次を促し表に出た。

「下手人は正円だ」

源之助は告げた。京次は無言でうなずく。

「行くぞ」

聞かなくても源之助の向かう先が正円の家であることは明らかだった。

第六章　汚名返上

一

源之助と京次は樋口正円の家へとやって来ると、承諾を得ることもなく奥の座敷に上がり込んだ。

絵を描いていた筆を休め、正円は苦い顔を向けてきた。

「何事ですかな。いかに町方の同心殿でも断りもなく上がり込むとは……。わたしは罪人ではござらんぞ。話すことなどない。帰られよ」

「こっちにある」

源之助は低くくぐもった声を発し、正円を睨んだ。正円は源之助のただならない様子に警戒心を呼び起こしたようで背筋をぴんと伸ばし、源之助に向き直った。

「お雪の絵が何か問題でもござるのかな」

「大いにござる」

源之助は京次を促す。京次はお雪の絵を差し出した。正円は絵を手に取って、

「これが何か問題でもあるのかな」

「おわかりにならぬか」

源之助は冷めた口調で返す。

「殺された娘の絵を描き、儲《もう》けておることが不届きと申されるのかな」

正円は口調こそ落ち着いているが視線は微妙に定まらず、不安な様子を隠せない。

「それは誉められたことではないが、問題はお雪の髪を飾る簪だ」

「簪……」

正円は視線を絵に戻した。しばらく簪を見ていたが、顔を上げ源之助に言った。

「お雪は簪が殊《こと》の外《ほか》好きでしてな。この簪はひときわお雪に似合っておった。だから、わしはこの簪を絵に描いた次第」

その声は微妙に震えている。

「その簪、両国東広小路にある白雪屋という小間物屋でお雪は買い求めた。そして、買ったのは今月の三日の暮れ六つ前。すなわち、ここから出て行った直後」

「…………」

「だから、この簪は正円先生が見たことはない代物のはず。お雪が先生の申し出を断り、先を急いでいたのは、この簪を手に入れたかったからなのだ」

源之助は静かに告げた。

京次が、

「先生、先生はお雪に言い寄っていたそうですね。お雪、白雪屋の主人にこぼしていたそうですぜ」

「それは、お雪が思わせぶりなことをわしに……。先生に是非、描いて欲しい、先生ならわたしを美しく描いてくれる、と」

正円はがっくりと肩を落とした。

「その言葉をあんたはお雪が自分への好意を抱いていると思ったってわけだ」

「老いらくの恋であった」

正円は深いため息を吐いた。

「あの日のことを話してくれ」

源之助が視線鋭く言うと正円は観念したのか素直に語りだした。

「あの日、もう少しで描き終えるのだから、残ってくれと頼んだ。ところが、申したように、お雪はにべもなくわしの願いを撥《は》ね付けた。そのいそいそとした様子、気もそぞろな風、わしはきっと男と会うのだと思った。それで……」

正円はお雪の後をつけた。お雪は小走りになって両国橋を通り過ぎ、両国東広小路の横町に入った。正円はお雪が簪を買い求めている間、向かいの茶店で茶を飲み桜餅を頼んだという。

「お雪は小間物屋で買い求めた簪を挿し、実に楽しげに大川端を歩いて行った。きっと男と会うのだとわしは確信した」

正円は堪らずお雪の後をつけた。お雪は立ち止まっては何度も手鏡を覗き込んだ。愛しい男と会うのだ。簪は似合っているか、身だしなみはちゃんと整っているのか、厳重に確かめていたのだろう。

「その仕草を見ると、わしは嫉妬の炎に身を焦がされた」

お雪をこうまでも楽しげにさせる男とは何者だ。いや、何者だろうとそんなことはどうでもいい。

「夢中だった」

人気《ひとけ》がなくなったところで、正円はお雪を呼び止めた。

「わしは、どこへ行くのだと訊いた。お雪はどこへ行こうと先生には関係ないとえらい剣幕で言いおった。わしは、男に会いに行くのだろうと問い詰めた」

お雪はぷいと横を向いてしまった。

「わしは自分の想いを語った。わしがいかにお雪のことを愛おしく想っているのかを」

正円が想いのたけを披露《ひろう》したところ、お雪は鼻で笑ったという。

「お雪は……。お雪はわしのことを小馬鹿にしたように笑いおった。目の前が真っ暗になり、頭に血が上った」

正円は思わずお雪の首を絞めた。

「笑うな、わしを笑うな！」

そう言いながら正円はお雪を絞め殺した。

「気が付いたら、お雪はわしの腕の中でぐったりとなっていた」

正円はそこでお雪を殺したことに気付いたのだという。途端に怖くなった。

「思い出した。評判となっている前山玄蕃丞さま殺しのことを。お雪は前山さまに見初められ、女中奉公に上がらないかと誘われたそうだ。お雪はその申し出を断った」

「それで、前山さま殺しに便乗しようとしたのだな」

源之助が問いかける。

「いかにも」

正円はお雪の亡骸を夜陰《やいん》に乗《じょう》じて長命寺の門前に運び、小間物屋の向かいにある茶店でお雪を待つ間に買い求めた桜餅を口に入れた。こうして前山殺しと同一の下手人の仕業と見せかけたのだ。

正円は両眼をかっと見開き、

「ところで、お雪が会おうとした男、一体何者なのでしょうな。あんなにも浮き立った顔をしていたとは……。お雪をそんなにも夢中にさせる男とは……」

源之助は京次に向かって目配せをした。

京次が、

「お雪は男に会いに行ったんじゃないんだ」

「ええっ……」

正円は首を捻った。

「男に会うために絵の途中で帰って行ったんじゃないんだ」

「そんなはずはない。わしは今まで多くの娘を描いてきた。お雪のあの顔はまさしく恋焦がれる娘の顔だ。そのうきうきとした顔つきはな。お雪もそうだった。絶対に愛おしい男がいたのだ」

正円は自分の目に狂いはないと言い張った。京次は首を横に振り、

「確かにお雪は恋をしていた」

「そうであろう」

正円の顔から笑みがこぼれる。

「恋する相手は男じゃない」

「では、女か」

正円の目が彷徨《さまよ》った。

「自分だ」

「なんじゃと」

「お雪は自分のことが好きで、好きでたまらなかったんだ」

京次はお里久から聞いたお雪の嗜好《しこう》を語った。

「だから、お雪が気もそぞろに帰って行ったのは、あの小間物屋に行くため、つまり、簪を買い求めるためだ。そして、買い求めた簪で髪を飾り、そんな自分にうっとりとしていたんだ」

「そんな馬鹿な、そんなことがあろうか」

正円は信じられないという言葉を繰り返し何度も首を横に振った。

「信じられないだろうが、これが本当なんだよ」

するとと正円はようやくのことで納得したのか、

「そうかもしれん。今、思えば、お雪は確かにわしの描く自分の絵に実に愛おしげに見入っておった。自分を好きか……。なるほどな、お雪はそんな娘であったとはな」

正円は自嘲気味な笑いを浮かべた。

「どんな娘であろうと殺されていいものではない」

源之助は鋭い声音で浴びせて立ち上がった。京次が正円に縄を打った。正円はうなだれ、

「わしはお雪の何を見て絵を描いておったのだろう」

源之助も京次も黙り込んでいる。

「あの時のお雪、わしの腕の中で息絶えた時のお雪。月の光に桜の花文様が夜桜のごとく煌《きら》めき、お雪の面差しはその名の通り白雪のような美しさをたたえておった。あの顔をわしは忘れん。お雪の命の灯が消え入ろうという時の最期の輝き、わしはそれをしっかとこの目に焼き付けた」

正円の目には狂気が宿っていた。源之助は京次を目で促した。京次は縄を二度、三度引いた。正円は力なくうなずくと腰を上げた。

二

翌日、源之助は居眠り番で緒方と協議をした。緒方はまず、お雪殺しの下手人である正円を捕縛したことを賞賛した。

「これで、流れは変わりましょう」

緒方は言った。

「しかし、依然として三太郎の行方は摑めません」

「蔵間殿、いかにお考えか」

「もう、この世の者ではないかもしれません」

「すると、下手人はどうなりましょう」

「さて、そのことです。もう一度、二年前の材木の入れ札に関し、きちんと調べる必要があるかもしれませぬな」

源之助は顎を掻いた。

そこへ、小者が入って来た。緒方が小者のそばに近づく。小者が緒方に耳打ちをした。緒方はうなずくと源之助に言った。

「多聞寺の門前で亡骸が見つかったそうです」

「その亡骸、三太郎ですか」

源之助は勢い込んだ。

緒方は力なく首を横に振った。

「違うのですか」

源之助は勢い込む。

「それが、現場に行かないとよくわからぬと思われます。なにせ、亡骸は焼け焦げておるとのこと」

「ともかく、現場に駆けつけます」

源之助は居眠り番を飛び出した。


昼近くとなり、多聞寺の山門へとやって来た。山門前には矢作が亡骸を前に立っていた。

「やはり、来たか」

矢作は源之助を待っていたという。

「わたしのことだ。来ずにはいられぬと思ったのか」

「それもあるが、確かめてもらいたくてな」

矢作は亡骸に視線を落とす。

亡骸は筵《むしろ》が掛けられていた。矢作はしゃがみ込むと筵を捲った。

「ううっ」

思わず源之助は顔をそむけた。亡骸の顔は焼けただれていた。顔ばかりではない。全身が黒焦げとなっている。

「これが、近くにあった」

矢作は一通の書付を源之助に手渡した。亡骸の近くに小石を乗せて置かれていたという。源之助はそれを読んだ。

遺書である。

書いたのは三太郎。三太郎はこれまでに起きた七福神での殺しを告白していた。みな、二年前に起きた入れ札騒動に関わるとしてある。父親は無実の罪を着せられ、自害した。悪の元凶は前山玄蕃丞と備前屋三木助であり、お雪は前山の寵愛を受けた、兵右衛門とお累は自分の企てが知られてしまったために殺した、としてあった。その上で、自分は罪を償うため、多聞寺に祀られる毘沙門天に焼かれて死ぬと結ばれてあった。

「この亡骸、焼身自殺ということか」

「そのようだぜ。それで、親父殿、親父殿は三太郎に会っているな。確かめてくれ」

「わかった」

源之助は承知したものの、とても素性を確かめられる状態にはなかった。

「これが、三太郎かどうかだな」

矢作は懐から人相書きを取り出し、亡骸を検分した。

「面《つら》はわからないから、他に手がかりはないかというと」

矢作は二の腕を見た。黒焦げとなっているそこにはかすかに彫り物があった。桜の彫り物で、三太郎が放蕩をしていた時に彫ったものだという。

「あった。これで決まりだ」

矢作は亡骸が三太郎に間違いないと断定した。

「すると、やはり、一連の殺しは三太郎の仕業ってことになるな」

矢作は言った。

源之助は三太郎の人相書きを見た。それから静かに告げる。

「この亡骸は三太郎だ」

「そうだろう」

矢作は何を今更言っているというような顔つきとなった。

「だが、一連の下手人は三太郎ではない。そして、わたしが会った三太郎は本当の三太郎とは違う」

「なんだって」

矢作は目をむく。

「この人相書きとはまるで別人だった。わたしが会った三太郎は目元涼やか、しっかりとした物腰の男だった」

「なるほど、実際の三太郎はいかにも放蕩三昧の馬鹿息子というような間抜け面だぜ」

矢作は言った。

「遺書も贋物《にせもの》だろう」

「そういうことだろうな」

「実はな、お雪殺しの下手人、昨日、捕縛したんだ」

「ほう、そうなのか」

矢作は驚きを隠せない。

「ところがこの遺書は、お雪殺しも三太郎の仕業としている。つまり、真の下手人もお雪殺しの下手人が捕まったことを知らないのだ」

「そういうことになるな。では、三太郎を殺したのが真の下手人だな。親父殿のことだ。見当をつけているんじゃないのか」

矢作はにんまりとした。

「おまえだってわかっているだろう」

源之助も笑みを返した。

「太田さま、工藤殿だな」

矢作は言った。

「わたしもそう思う」

「どうする」

「暴《あば》くまで」

源之助はなんの躊躇《ためら》いもなく言った。すると、案の定というか太田と工藤がやって来た。工藤は源之助と矢作を交互に見てから三太郎の亡骸に視線を落とした。

「その亡骸は三太郎であろう」

「よくご存じですな」

矢作は皮肉たっぷりに言った。

「そのくらいの見当はつく」

たちまち不機嫌になると矢作の手から遺書を引ったくった。それを太田に渡す。太田は一通り目を通すと、

「やはり、三太郎か。一連の殺しは三太郎が下手人と決まりだな」

「太田さまの推測通りでございます」

工藤が合わせる。

太田も至極満足げな様子である。

「果たしてそうなんですかねえ」

矢作は大きく首を捻って見せた。工藤が厳しい目を向けてくる。

「得心が行かぬようだが、そのわけは」

太田の問いかけに、

「勘ですな」

矢作は本気とも冗談ともつかない物言いだ。工藤が失笑を漏らすのをよそに太田が問いかけを重ねる。

「八丁堀同心の勘というもの、わたしは決しておろそかにするものではない。しかし、勘だけというのではいかにも心もとないのう」

太田はいかにも余裕しゃくしゃくといった様子だ。矢作は含み笑いを漏らし源之助を見た。ここで源之助は前に出る。

「わたしも一連の七福神殺し、三太郎の仕業とは思えません」

源之助は力むこともなく言った。

「お主も八丁堀同心の勘か」

「いいえ、ちゃんとした証《あかし》がございます」

源之助はいかつい顔を突き出した。確かな拠《よ》り所《どころ》に基づいた言葉だけに、太田をたじろがせるに十分だった。

「その証とは何じゃ」

太田はそれでも威厳を保つように胸を反らした。

「お雪殺しです。お雪殺しは、前山さま殺し、兵右衛門殺し、偽お累殺しとは結びつきません」

工藤が我慢できないといったように前に出てきた。

「まだ、そんなことを申すか。申したであろう、お雪は前山さまの寵愛を受けておったのだ。三太郎は父親への恨みから前山さまの寵愛を受けるお雪も憎くなった」

横で太田も静かにうなずく。

「それが解せません。なるほどお雪は前山さまから女中奉公するよう求められておりました。しかし、その申し出はきっぱりと断っています」

「お雪に断られようが前山さまは執着なさったのだ。三太郎からすれば、前山さまが愛おしく思っておる娘と思ったに違いない。そんなお雪に憎しみを抱くのは当然のことではないか」

工藤は言い募る。

「そんなことはないと存ずる」

源之助は呆れたように舌打ちをして見せた。

工藤は警戒心を抱いたようだ。源之助の微塵も揺るがぬその態度、落ち着き払った様子が工藤にも伝わったのだ。

「実際のところ、三太郎にお雪は殺せないのです」

「……。そんなことはない。実際、遺書には自分が殺したと記してあるではないか」

工藤の声音はわずかながら小さくなっている。

「それがわたしには解せないのです。何故なら、お雪を殺したのは樋口正円という絵師だからです」

「絵師じゃと」

工藤は太田を見た。

「間違いではないのか」

即座に太田が問い返した。

「間違いございません。昨日、正円を捕縛し、北町奉行所にて吟味を進めております。正円自身、自分が殺めたことを認めております」

源之助は正円がお雪を殺害に至った経緯を淡々と述べ立てた。太田の目が彷徨い、工藤も落ち着きを失くした。

「正円がお雪を殺したにもかかわらず、どうして三太郎は自分がやったなどと書き残したのでしょう。答えは一つ。あの遺書は三太郎自身が書いたものではないということです。遺書が贋物ということは、三太郎は自害ではなく殺されたことになります。殺されて焼かれたのです」

太田と工藤は口を閉ざしている。

三

源之助は続けた。

「多聞寺は向島七福神のうち、毘沙門天を祀っております。ご存じの通り、毘沙門天(多聞天)は持国天《じこくてん》、増長天《ぞうちょうてん》、広目天《こうもくてん》と共に四天王と呼ばれる戦いの神。遺書によりますと、毘沙門天によって自分が焼かれることで、人を殺めた罪を償うというものでした。いかにも向島七福神殺しの締めくくりにふさわしいような施しでございます。材木問屋の倅にしては、実に大胆且つ大がかりな企みであり、壮絶極まる最期でございます。とてものこと、ただの町人とは思えません」

「だから、それは三太郎が復讐の一念でこの企てを……」

工藤の苦し紛れとしか思えない言葉を遮り、源之助は太田に問いかけた。

「太田さまはいかに思われますか」

「お雪を殺したのが三太郎ではないということはわかった。だが、他の者たちを殺したこととの疑いは晴れぬ」

太田も苦しげだ。

「では、お尋ねします。三太郎は何故、焼かれたのでしょう。三太郎が自害でないのは明らか。下手人は何故三太郎を焼いたのでしょう」

「わたしはまだ三太郎が自害したという考えを捨てきれぬが、そのことは置いておくとして、そなたが申すように殺されたとする。下手人は何故三太郎を焼いたか。一連の七福神殺しの流れに沿った趣向だ。戦《いくさ》の神毘沙門天によって焼かれたという趣向を狙ったのではないか」

太田は落ち着きを取り戻した。

ところが、

「さにあらず」

源之助はずばり斬り捨てた。工藤の目が不満げにむかれる。

「では、どういうことだ」

太田の目は探るように細められた。

「わたしの目を誤魔化《ごまか》すためです」

「なんだと、わけのわからぬ戯言を申すな」

工藤がねめつけてきた。ここで矢作が工藤の前に立ち、

「うるさい、あんた引っ込んでろ！」

大音声《だいおんじょう》で怒鳴りつけた。

工藤は目を白黒させて反論しようとしたが、矢作が威圧的に肩を怒らせるとおずおずと後ずさりした。

「下手人はわたしが三太郎と接していたことを存じておるのでしょう。ですから、亡

骸を見たわたしがこの亡骸が三太郎に非ずと否定することを恐れたのです」

「お主の申すことなかなかに説得力がある」

「太田さま、ご賛同いただけますか」

「賛同まではいかぬ。そなたの考えでは、下手人は別におるということだな」

「いかにも。妙だと思ったことがもう一つございます。矢作ら南町奉行所が必死で三太郎の行方を追ったにもかかわらず、何の手がかりも摑めなかったということです。町方が総力を挙げているにもかかわらずです。その疑問は、この人相書きを見て解けました。わたしと会った三太郎は人相書きの男ではなかったのです。まるで別人です。ですから、人相書きと別人である三太郎が捕まるはずはない。そして、真の三太郎、すなわちここで黒焦げとなっている三太郎はどこかに囲い込まれていた。だから、捕まらなかった。たとえば、武家屋敷に匿われていたとしたらどうでしょう」

「武家屋敷だと」

太田の目が尖《とが》る。

「まさか、お主、太田さまを疑っておるのではなかろうな」

工藤がいきり立った。

「わたしは何も武家屋敷が太田さまのお屋敷とは申しておりませんぞ」

「しかし、最前からのお主の態度、まるで太田さまやわしのことを疑うかのようじゃ」

「そう受け止めておられるということは、何かお心当たりがおありなのですか」

源之助は努《つと》めて冷静に返す。

「あるはずなかろう」

「そうそう、もう一つ妙なことが。今回の殺し、瓦版にネタが流れております。探索に関しての情報がこうも漏れるものでしょうか」

「わしが流したとでも申すか」

「工藤殿が流したとは申しておりませぬ」

「大方、町方の誰かが金欲しさに瓦版屋に売ったのだろうさ」

工藤が吐き捨てた。これには矢作が黙っているはずはない。

「町方を愚弄《ぐろう》するのか。いい加減なことを抜かすと承知しねえぜ」

あまりの矢作の剣幕に工藤も反論の言葉を発せられない。

「ともかく、今回の一件、世の目を二年前の入れ札騒動に向けさせ、一連の殺しを入れ札騒動で店が潰れた貴船屋の倅三太郎による復讐だと仕向ける意図があるとわたしは考えます」

源之助の推測に工藤が強気を取り戻した。

「だとすれば、太田さまやわしの狙いと反することになるな。太田さまやわしは前山さまによる入れ札の不正が表沙汰になることを危惧しておったのだ。お主の推測によると、下手人は入れ札騒動に目を向けさせようとしておるのだから、太田さまやわしの意図とはまさしく正反対」

「いかにもその通りです。太田さまや工藤殿の意図とは正反対」

「であろう」

工藤はにんまりとした。

太田が、

「ともかくだ。三太郎が下手人であることが疑わしいのはわかった。引き続き、下手人捕縛に動いてくれ」

「むろんそのつもりです。さしずめ、わたしが接した偽の三太郎を探します」

「そうするのがよかろう」

太田は言うと工藤を促す。工藤は虚勢を張るように矢作に言った。

「お主の暴言、今回は大目にみてやる」

「こっちにはやましいことがないさ。なんなら、もう一度怒鳴ってやろうか」

矢作らしい応対ぶりを示した。

「さすがは、蔵間源太郎の義兄だな」

工藤は薄笑いを顔に貼り付かせ、太田が立ち去ったため大急ぎで後を追った。

「親父殿、あの連中の仕業で間違いないぞ」

矢作は確信したようだ。

「わたしもそう思うが、一つわからないことがある」

「なんだ」

「動機だ。何故、こんな面倒な殺しなぞを企てたのだろう」

「入れ札騒動がもたらした恨みによる殺し。貴船屋五郎次郎の恨みを晴らさんと一子三太郎は親父が信仰していた向島七福神を舞台に復讐を果たす。三太郎に見せかけるための大芝居なんだろうが、太田さまにしたら、御公儀の恥部を世間に晒《さら》すようなことをするというのはどういうことだろうな」

矢作も頭を悩ました。

ここで源之助にはひらめくものがあった。

「もし、入れ札の不正に太田さまが関わっていたとしたら」

「それだ」

矢作は諸手《もろて》を挙げて賛同した。

「具体的にどのように関わっていたのかはわからんが、太田さまは不正の責めを前山さまと貴船屋五郎次郎に負わせたのだ。今回の殺しでそのことを強調したかったのだろう」

「狡猾《こうかつ》なお方だ」

矢作は舌打ちをした。

「ともかく、太田さまの悪事を暴き立てねば」

「おれに任せろ」

矢作は意気込む。

「何か目算があるのか」

「ない」

まことにあっさりとした矢作の答えだ。これが矢作以外の者に言われたのなら、腹が立つところだが、矢作なら許せてしまう。決して無責任な言動から言っているのではないからだ。おおよそ、取り繕《つくろ》うこととは無縁の男である。

「親父殿ならなんらかの活路を見出すだろう」

「そんなものがあれば、とうに動いておる……。が、ああっ、そうだ」

柳原の古着屋文六が話してくれた兵右衛門の過去が思い出された。

「兵右衛門は女房と子供を亡くした。二年前、さるお旗本の駕籠の前に子供が飛び出し、それを止めようと飛び出した女房ともども無礼討ちにされたというのだ。その一件、わたしには覚えがない。南町で扱ったのではないか」

矢作の顔が輝いた。

「そうだ、そんな一件があった。詳しいことは例繰方《れいくりかた》に記録が残っているはずだ。調べてみる。親父殿はその旗本が太田さまだと思っているのだな」

「そう都合よくいくかどうかはわからんが、当たってみる価値はあると思う」

「おれもちょっと気になることが出てきた」

矢作は視線を凝らした。

源之助は期待を込めて見返す。

「太田さまと工藤殿、今のやり取りで親父殿が自分たちを疑っていることを強く感じたことだろう。すると、必ず動きだす。あくまで三太郎を下手人だと仕立てるためにな」

「口封じに出るだろう。兵右衛門殺しは口封じだ。偽の三太郎は口封じのために兵右衛門に近づいたのだろう。兵右衛門に関わる者を消しにかかるかもしれない。偽お累のようにな」

「となると文六の命が危ういか」

矢作は言った。

「それと、偽の三太郎を自分の長屋に住まわせた酒問屋米沢屋も危ない。米沢屋は貴船屋の三太郎ではないことを承知で住まわせたのではないか。金でも摑まされたのかもしれん」

「よし、米沢屋はおれに任せろ」

「ならば、わたしは文六の小屋に行く」

二人の方針は固まった。

四

半時（一時間）後、源之助は柳原通りにある文六の古着屋へとやって来た。だが、まだ日が高いとあって人通りがある。いくらなんでも、こんな時に口封じなどできまい。

それでも念のため文六の無事な姿を確かめようと古着屋を覗いた。幸い、文六は元気一杯に商いにいそしんでいる。古着を手に取って客の相手をしながら源之助に気付くやぺこりと頭を下げた。

文六の手が空くのを待った。

ほどなくして客が帰り文六と言葉を交わすことができた。

「相変わらずの繁盛ぶりだな」

文六は声を潜ませ、

「蔵間さま、三太郎さん、向島七福神殺しの下手人なんでしょうか」

いかにも心配げに尋ねてきた。

「いや、違う」

力強く否定した。

文六は安堵に頬を綻ばせた。

「それならよかった。蔵間さまが太鼓判《たいこばん》を捺《お》してくださるのなら間違いありません。実はつい今しがたなんですよ。三太郎さんがひょっこりやって来ましてね」

源之助はぴんときた。予想通りだ。偽の三太郎は太田配下の者に違いない。

「そうか、達者にしておったか」

「身体は元気そうだったんですがね。自分はすっかり疑いをかけられてしまって、このままでは、七福神殺しの下手人にされてしまう。どうしようって」

三太郎は意気消沈《しょうちん》していたという。

「あたしは、御奉行所にお畏れながらと名乗り出るよう勧めたのです。自分は決して殺しなどやっていないって、そう、訴えるよう伝えたのです」

文六のことだ、三太郎だと信じて、そして三太郎の無実を信じて親身《しんみ》になってやったのだろう。

「三太郎はなんと申した」

「自分が名乗り出ても、潔白だとは到底信じてもらえないだろうって肩を落としておりました」

「三太郎はこのまま逃げると申したのか」

「それが……」

文六は言いよどんだ。

「どうした」

「蔵間さま、信じてよろしいのですね」

文六は訴えかけるようだ。

「むろんだ」

「あたしは、三太郎さんに一緒に御奉行所まで付き添うって申し出たのです」

文六らしい親切心というものだ。

「今夕、店仕舞いをしてから三太郎さんに付き添って南の御奉行所まで行くことになりました。三太郎さんとは柳森稲荷で待ち合わせております」

「わたしも同道しよう」

「まことでございますか」

一旦、うれしそうに顔を輝かせた文六であったが、すぐに警戒心を呼び起こしたようだ。

「大変に失礼でございますが、蔵間さま、その場で三太郎さんのことをお縄になさるようなことはございませんか」

文六の心配はもっともだ。三太郎は南町奉行所が総力を挙げて追っている。北町の源之助が三太郎を捕縛すれば大きな手柄であるばかりか、南町を出し抜くことになり、大いに北町の面目を施す。それればかりか、三太郎を見逃した同心親子の汚名をそそぐことにもなるのだ。

「この十手にかけてそのようなことはせぬ。申した通り、わたしも三太郎の濡《ぬ》れ衣《ぎぬ》を晴らそうとしておるのだ」

源之助は十手を抜き、頭上に掲げた。それをしばらく見つめていた文六は躊躇いを捨てるように、

「大変に失礼申しました。わたしは、蔵間さまを信じます。では、是非ともご一緒に三太郎さんと御奉行所に行ってください」

源之助は十手を腰に差した。

「よろしくお願い致します」

文六は頭を下げた。

文六が偽の三太郎と落ち合うまでまだ時がある。源之助は一旦、神田司町の京次の家を訪ねることにした。

「何か進展がございましたか」

京次はまだ三太郎が殺されたことを知らないようだ。

「大いにあった」

源之助は三太郎が殺されたこと、その亡骸が黒焦げであったこと、現場に太田と工藤がやって来たこと、そして二人の犯行であるとの疑いを深めたことをかいつまんで話した。

「やっぱり、そうですか。白鬚神社でお累の亡骸が見つかった時点で、蔵間さまはお疑いでしたが、どうやらお考え通りってことですね」

京次は源之助を誉め上げたが、もちろんそんなことで喜ぶ気にはなれない。それよりも、なんとしても二人の悪事を暴き立て、処罰を受けさせたいという思いで一杯だ。

「今夜、古着屋の文六を訪ねて偽の三太郎がやって来る。必ず捕縛してみせる」

「もちろんですよ」

京次もここぞとばかりに腕捲りをした。

「これで、汚名返上ですね。源太郎さまもお喜びになりますよ」

「ぬか喜びにならぬよう心せねばな」

源之助は表情を引き締めた。

そこへ、お峰が帰って来た。

「すごい噂だよ。向島七福神でまた殺しがあったって。多聞寺だって。しかも、黒焦げだってさ。毘沙門天に焼かれたって噂だよ」

お峰は興奮冷めやらぬ様子だ。

呆れ顔の京次だが、

「噂が伝わるのは風よりも速いということだろう」

源之助の冷静な物言いにお峰も恥じ入るように俯いた。

「今日、遅くなるからな。何か食わせてくれ」

京次が言うと、

「聞き込みかい」

「何でもいいだろう。一々、口出しするんじゃねえ」

京次が顔をしかめたところで、お峰も口ごたえはせず奥に引っ込んだ。

「まったく騒々しい女ですみません」

「亭主の身を案じているのだ」

源之助は笑顔を送った。

「そりゃわかりますがね。蔵間さまの奥さまはどんなに遅くなろうが、何もおっしゃらないでしょう」

「まあそうだが。それは、永年の習慣というものだな」

実際は久恵が自分のことをどれほど心配しているのかは源之助にもわかっている。口に出さないから尚のこと久恵の気持ちはわかっているつもりだ。

「お峰の奴は心配症っていうより、口うるさいんですよ。何かと亭主のやることに口を挟みたがるって女で。まったく、慎みってもんがないんですから。蔵間さまからご覧になれば、品のない女ってことになるでしょうね」

京次は苦笑した。

「そんなことはない。お峰は実に出来た女房だし、可愛らしい女だと思うぞ」

源之助の言葉は意外だったらしく京次はぽかんとなった。

「お雪をみろ。自分のことしか愛せなかった。いや、他人を好きになる前に死んでしまった。考えてみれば憐れなものだ。お峰はおまえという愛おしく想う男がおる。幸せなものだ。お峰ばかりではない。おまえだって、それだけ好かれておるということは男冥利《みょうり》に尽きる。だから、おまえも果報者だ」

「そうでしょうかね。そんなこと思ったこともないですがね」

「たまには女房孝行をしてやれ」

「蔵間さまからそんなことを言われるとは思ってもみませんでしたよ」

京次は頭を掻いた。源之助もなんだか気恥ずかしくなってきた。二人はばつの悪さを払うように声を放って笑った。

「どうしたの。ずいぶんと楽しそうだこと。張り込みだなんて言って、何か悪さしようってんじゃないでしょうね」

お峰は大皿に握り飯を盛って入って来た。

「そんなはずねえだろう」

「どうだか」

お峰の唇が尖った。

「口うるさい女だな。蔵間さまと一緒なんだぞ。変な所へなんか行くわけないだろう」

「それもそうか」

お峰はふんふんとうなずいて居間から出て行った。

「これでも幸せなんですかね」

京次は握り飯を勧めた。

「幸せだとも」

源之助は大振りの握り飯を手に取り、むしゃむしゃと頬張った。

五

夕暮れ近くとなり、お峰は湯屋へと行った。いざ、出陣と身構えたところで矢作がやって来た。いかにも矢作らしくずかずかと上がり込むと、源之助の前にどっかと腰を下ろす。

「わかったぞ。親父殿の狙い通りだった」

座るなり、切り出した。源之助には矢作の言葉の意味がわかるが、京次にはさっぱりだろう。目を白黒させている。そんなことにはお構いなく矢作は話しだした。

兵右衛門の女房と子供が無礼討ちに遭ったのは二年前の卯月《うづき》二十日のことだった。場所は木場。材木問屋備前屋三木助の店の前でのことだった。

「例繰方の記録によると、その日、兵右衛門は女房と娘を連れ、洲崎《すざき》弁天へ参拝に行った。災厄は帰りに起きたのだ」

洲崎弁天は木場からほど近い海辺に所在する。風光明媚《ふうこうめいび》な点が評判を呼び、大勢の参詣客が訪れている。兵右衛門は古着の行商として木場を回っているうちに洲崎弁天に足を伸ばすようになった。青天のこの日、女房と娘にも見せてやろうと連れて来たのだった。参拝を終え、兵右衛門は木場の材木問屋を行商して歩き、女房と娘は先に帰った。

「記録には兵右衛門の女房と子供が不届きにも太田さまの駕籠の前を横切ったので、討ち果たされた、とあるだけだ」

「二年前の卯月、場所は木場の材木問屋備前屋の前とは何やらきな臭いものを感ずるな」

　源之助の問いかけに矢作はこの男らしく直截《ちょくせつ》な答えを出した。

「備前屋の前をどうして太田さまの駕籠が通ったのか、それは明らかだ。二年前の卯月といえば、前山さまが職を辞され、貴船屋五郎次郎が首を括ることになった材木の入れ札騒動があった頃。実際に落札したのは備前屋三木助。記録には残っておらんが、太田さまは備前屋を訪問した帰りなのではないか」

「断言はできんが、おまえの推測はそれほど的外れではないだろう。太田さまは目付という立場上、入れ札で不正が行われていたのではないかとお調べになったことだろう。その調べの一環として備前屋を訪ねたのかもしれん」

「親父殿、腹を割ろう。親父殿だって腹の中じゃ、こう思っているんじゃないか。太田さまは調べを進め、前山さまと備前屋が不正を働いていたことを知った。そこで、太田さまは見逃す代わりに備前屋に相応の金子《きんす》を要求した。その帰り、兵右衛門の女房と娘を無礼討ちにするという思わぬ事故が起きた、とまあ、こんな筋書ではないか」

　矢作の言葉に京次は手を打ち、違いないと賛同した。源之助も概《おおむ》ねそんなところだろうと見当をつけた。

「兵右衛門にすれば、とんだ災難どころじゃなかったでしょうね。で、兵右衛門が殺されたというのはそのことと関係しているんですかね」

京次が訊いた。

「それだ」

矢作は困ったように顔をしかめ、源之助を見る。

「親父殿はどう考える。まさか、兵右衛門が太田さまに二年前の復讐をしようと企んで返り討ちに遭ったなどということはないと思うが……。それに、偽お累はどう関わるのだろう」

「わからん。ただ、言えることは偽の三太郎は太田さまの命《めい》を受けて兵右衛門に接近した。それは、太田さまが兵右衛門に危機感を抱いていた証拠。そして、まことの三太郎を殺害しているところをみると、二年前の入れ札騒動に兵右衛門が絡んでいると太田さまは思ったのかもしれない。前山さま、備前屋三木助、貴船屋五郎次郎の倅三太郎はいずれも入れ札騒動に関わった者たちだ。太田さまは、向島七福神を舞台に恨みを呑んで自害した貴船屋五郎次郎の一子三太郎が復讐を遂げるという筋書を立てた。今頃になって、前山さま、備前屋三木助、そして三太郎の三人を殺そうと思ったのは、近々遠国奉行《おんごくぶぎょう》に栄転するにあたって過去を清算しようということだろう」

源之助の考えに矢作も同意し、

「ところが、そこにお雪が長命寺で殺されるという思いもかけない事件が起きた」

「太田さま、驚いたでしょうね」

京次が言った。

「企ては狂っただろうな。しかし、それで企てを止めるような太田さまではなかった」

「兵右衛門とお累は当初の計画に入っていたのだろうか」

矢作が疑問を投げかける。

「当初の企てにあったかどうかはともかく、太田さまにとって、兵右衛門とお累も生きていては都合が悪かったことは確かだ。結果としては、計算外のお雪殺しも含めて、向島七福神殺しという一本筋の通った企ての出来上がりとなった」

源之助は重いため息を吐いた。

「皮肉なもんですね」

京次も暗澹《あんたん》たる思いに包まれているようだ。

「そろそろ行くぞ」

源之助は腰を上げる。

「同心親子とした方が、瓦版としては売りやすいのだろう」

源之助は冷めている。

「これだから、瓦版などというものは信用がおけません」

源太郎は瓦版をくしゃくしゃにして放り投げた。

「人の評判というものも当てにはならん。人の心は移ろいやすい。もっとも、移ろいやすいのは時節もだがな」

源之助は縁側に出ると大きく伸びをした。桜は散り、春が過ぎようとしている。霞空に雲雀《ひばり》の鳴き声が似合っていた。

「さて、一緒に出仕するか」

「いえ……」

源太郎は照れたように口ごもったが、

「はい、一緒にまいりましょう」

と、力強く返した。

蔵間源之助、居眠り番と揶揄されようが、まだまだ隠居はせんぞ。

源之助は日輪を仰ぎ見た。

日輪はあまねく世を照らしている。この世の正義も悪も……。だが、日輪の下で胸を張って生きていきたいものだ。

時代小説
二見時代小説文庫

七福神斬《しちふくじんぎ》り　居眠《いねむ》り同心《どうしん》　影御用《かげごよう》13

著者　早見《はやみ》　俊《しゅん》

発行所　株式会社　二見書房
東京都千代田区三崎町二-一八-一一
電話　〇三-三五一五-二三一一［営業］
〇三-三五一五-二三一三［編集］
振替　〇〇一七〇-四-二六三九

印刷　株式会社　堀内印刷所
製本　ナショナル製本協同組合

落丁・乱丁本はお取り替えいたします。
定価は、カバーに表示してあります。

 ISBN978-4-576-14035-3
http://www.futami.co.jp/